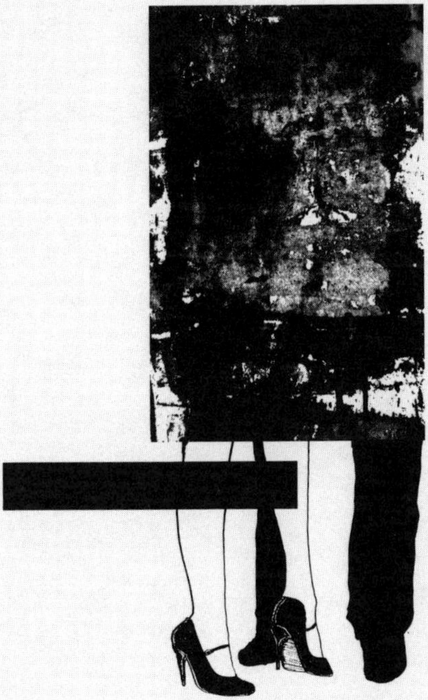

不歸路

廖輝英 著

《不歸路》首次以寫實的筆觸，把臺灣都市社會一個愛上有婦之夫的女職員，陷入不能自拔的愛情之中，寫得絲絲入扣。

——鍾玲

《不歸路》非常準確點出臺灣社會創造經濟奇蹟之後的文化震盪。這可能是第一部從第三者的立場，來看待世間婚姻的虛假與虛矯。這篇小說之所以得獎，主要是具體而微地描繪臺灣社會轉期的女性命運。

——陳芳明

廖輝英冷靜但不冷酷，一針見血之餘，卻還不失姊妹情誼（sisterhood）的止血療傷之道。好而好看的文本，小說化了女性主義、社會學者的或這或那，如論調如報告的什麼什麼……；真真應了眼鏡廣告詞的「Look better/See better」——高度可讀的好看／高度視能的好。

——康來新

《不歸路》奠定了她往後以都會女子遭遇的社會現象為主的創作路線，也引發八〇年代一系列討論外遇、情欲等風潮。她不求高蹈，描寫凡夫俗女以及世故市儈的嘴臉心機，可說貼近現實大眾生活群像，本本轟動暢銷。

——范銘如

目次

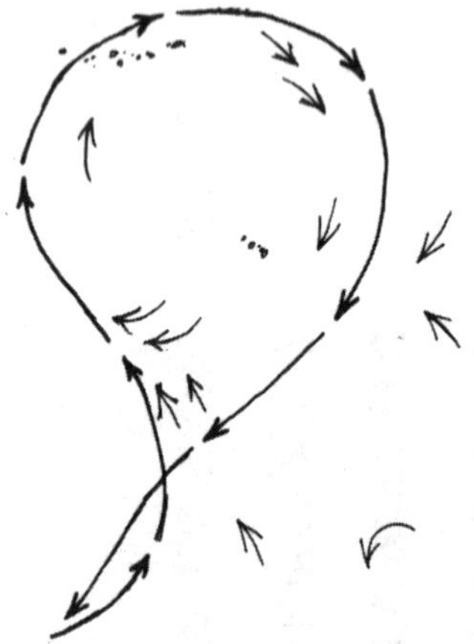

《不歸路》的漫漫長路

第一章

她原只是無聊，以為和已婚男人出來不會有什麼問題。除了搭便車、郊遊、共度寂寞的時光，他們還能怎樣？

她第一次覺得，一條路走到這裡，再也回不了頭時，是他帶她上賓館的那一天。

那是他們認識後的第三個月，不，大概是第二個月吧？她已經不記得兩人究竟是什麼時候才算是真正認識了。那時候，他的生意還挺風光，每天駕著橘紅色的福特車，在巷子裡出出進進；偶然巧遇，他總是放慢速度，響兩下喇叭，有意無意的向她露出一張笑臉。

起先，她渾渾噩噩的，對這初入中年的男人不甚經意，直到有一天，她站在站牌等公車，突然一部轎車停在跟前。

「李小姐，妳去哪裡？我送你一程。」

她望著半探出車窗的男人，嚇了一跳，好一會兒才會意過來，結結巴巴的說不出一句話。

「我正好要上臺北，反正順路，上來吧。」

她想拒絕，可是連怎麼稱呼他都不曉得。該死！只知他住同巷十五號，就在她家隔壁的隔壁，卻不知他姓什麼。

「上來吧，等下公車來了，擋人家的路。」

待要不上，只見等車的行列，一雙雙好奇的眼光盯著他們看；要上嘛，又覺得莫名其妙，冒冒失失的，不夠矜持。

「快上來，公車來了。」

他突然急迫的加了一句，被他一嚷，她心慌意亂的，忘了公車來，正好可以拒絕他。身子一矮，就坐進他旁邊的座位。

車子很快開動，男人熟練的抓著方向盤，把車開上往臺北的公路。李芸兒伸手扯了扯因坐下而縮得更短的迷你裙，心神未定，不知該怎麼打破僵局。

男人吐了一口菸圈，轉頭對她說：

「李小姐一個人上哪兒？和男朋友約會呀？」

李芸兒看他一眼，不知怎的，覺得男人既唐突，又帶點令人不快的油腔滑調，便悶著聲音反問：

「怎知我姓李？」

「哈！只要我想知道，不會沒有辦法。而且，」男人又轉頭看她一眼：「我們是鄰居，妳不知道吧？」

她突然想起，自家門口掛了一個大大的「李寓」門牌，難怪！

「我知道你住十五號。」

「對了！」他一笑，將菸灰彈在右前方的菸灰缸中：「我姓方，四四方方的方。」

車子在三月的天氣中，緩緩駛過一大片未經闢建的綠野，李芸兒看著遠遠的房舍，聞著濃濃的菸味，想著今天如此這般的冒失，要是讓母親知道，準會被罵太輕佻。其實，搭個便車並不是什麼大不了的事。這種年紀，誰像她這樣老實？她的同學，有人大一時，就和男孩子住在一起了，當然，那並不是什麼好事。不過，至少她可以放鬆一點吧。放鬆，是的，如果她能在業務部的小郭到他們部門來時，表現得自然輕鬆一點，也許就不會笨拙得老出錯了。小郭該是那種有頭腦的男孩子，從他對女孩子的品味就可看出，服務臺的咪咪，不是號稱「千人迷」，千人迷自動向他表示好感，他還不是無動於衷？他不喜歡花瓶式的女孩子，這是千真萬確的事。可惜自己太緊張了，沒辦法表現出「有內容」的應對，說不定他還以為她是個一無是處的傻大姊呢。

男人突然打斷她的思維：

「李小姐是跟父母一道住吧？我看還有幾個小弟弟，那是……」

「我跟母親和三哥三嫂住一起。小孩是我姪子。我父親逝世很多年了。」

「喔——」

「你們在這住多久了？」

「大概比你們早幾個月，這批房子剛蓋好我們就搬進來住了，反正這一帶都是新社區，大概都是新住戶。」

一路上，男人不斷的問她一些家庭和公司的事，李芸兒老老實實的有問必答，過了一陣子，才突然發現自己傻楞楞的活像被問案似的，因此，在車開上重慶北路之後，她便問他：

「方先生有幾個孩子？」

男人對她這個問題有些敏感，停了半晌才說：

「三個。」

李芸兒沒注意到他的神色，只是順理成章的應酬著又問了下去：

「多大了？」

男人看著前方，把菸一丟，說：

「最小的已經上初三了。」

「什麼？」她沒聽清楚，不，是沒辦法把他和有著上初三的孩子的父親聯想在一起，因此又追問了一句：「你說多大？」

「初三。」他回頭深深望她一眼，說：「我結婚很早。」

她吐了一口長氣，不可置信的朝他打量著，不錯，他的臉，他的微突的肚子，在在都說明了他的年紀，不過，最小的孩子上初三，他該幾歲生他？前面還有兩個孩子，他應該沒上五十吧？真不可思議，瞧他那種講究而花俏的修飾，真不像是上一代的骨董，怎會有那麼大的孩子？李芸兒暗自推算著，初三的孩子是十六、七歲，而且是最小的；現在這人最少該是四十了，那他結婚時到底多大年紀？搞不好還不上二十呢。可怕！自己都二十四了，卻還連個戀愛都沒談過……

「李小姐到哪裡？」男人打破沉默，很自然的轉了話題。李芸兒忙說：

「我到西門町。沒關係，看你方便，在最近的地方讓我下車就可以。」

「難得碰上，一路送妳吧。」

當時是淡淡的三月天，她的少女夢無邊無際，輕盈有如三月的飛絮，直要飛上輕盈盈的天空去。

再來的三、四個星期，她幾乎每個早晨都在公車站牌下遇到那姓方的男人，他熱情的、卻又若無其事的招呼她上車；她也樂得捨棄擠破頭的公車，舒舒服服的搭個冷氣開放的專車。一切似乎很好，她的公司就在他必經的路上，她方便，而他也有個說話的伴，各取所需。

另一個星期六早晨，在他送她上班途中，他若無其事的問她：

「妳家電話幾號？」

「幹麼？」

她有點警覺，到目前為止，她只想將彼此的關係停留在單純的搭便車上。

但，即使是搭便車而已，她也莫名其妙的心虛，瞞著家人和同事，每次都在距家和公司有段距離時上下車。說不上為什麼，也許只是不願讓人家看到她竟和中年男人在一起罷了。

「有時想聽聽妳的聲音，星期假日，想帶妳出去爬爬山、透透氣，卻不知道怎麼聯絡。」

她一輩子都不曾聽過這樣滿是疼惜的話：「聽妳的聲音……帶妳出去爬爬山、透透氣。」她的心不自覺暖暖的動了一下，她喜歡這種感覺，喜歡這種口氣。父親逝世得早，哥哥們自小就自立出外當學徒，家中每個人都為生活灰頭土臉的拚著，誰有閒情逸致注意到這不起眼的，差一點送給人家當養女的女娃？二十多年來，她一直是乖巧的女兒和學生，深受長輩喜愛。但是，這種喜愛，完全根源於她的柔順聽話，就沒有人，打從心裡無條件的疼惜她，把她捧在手心裡。而現在，竟有人用如此溫存的語氣對她說話。她微溼著眼眶，在心裡自問：何以他對她這樣好？難道他喜歡她？不，不會的，也許他只是把她當做小妹妹，或只把她當做可以談心的好朋友罷了。他已年過四十，有妻有子，女兒甚至大得幾乎要跟她同齡，他們之間，還會有什麼搞頭？

或許，他只是覺得太沉悶了。像他這樣細緻、體貼的人，竟有著那樣粗壯，猛一看，要比他高出大半個頭的太太，這樣不協調的兩個人，怎麼過了二十年，她搖搖頭，這又干她什麼事？她蹚什麼渾水？

然而，有妻有子又怎麼樣？她只不過搭搭便車，和他聊聊，聽他傾吐傾吐而已，她不礙他的妻子兒女什麼，他的有妻有子也不礙他們什麼。這樣想時，她心裡就舒平多了。

「星期天悶在家裡有什麼意思？到山上或海濱走走，不是很好？」

周日對她，永遠不會有什麼新鮮事，尤其昨天下班時，看到小郭載著總務部的珍珍，後者緊緊圈著他的腰，她就知道，往後的周日，更無可期待了。有個伴總是好的，至於什麼伴就不要緊了，勝似在家和兩個姪子玩，或者變成兄嫂不好意思下出口邀請同遊的電燈泡。

畢業兩年了，像她們這種新娘學校，稍微有看頭的女孩子，老早就有主了，這兩年，前前後後不知接過多少紅帖子，只有自己和少數幾個死黨，還在單身生涯裡浮沉。戀愛應該是值得嘗試的事，發生的或然率應該也不能算低，只是，在一百多個同事中，多的是成雙作對的，就獨獨沒有人對她怎樣。

同樣是青春，自己的就耀眼不起來。

嫂嫂固然不錯，但比起從前三哥未娶時，不知不覺就讓人有「寄人籬下」的感覺；尤其是放假日，她特別覺得耳聰目明的自己，格外礙事。

「喂，我在問妳呀。」

她突然福至心靈的俏皮起來：

「禮拜天，你不在家當好爸爸、好丈夫？」

他把臉一沉，不說話。兩個人一下子就僵在長長的路上。

車子轉入南京西路時，她怯怯的說了一句「對不起」。男人騰出右手，緊緊抓住她的左手，她的手在他大手裡動了一下，便徹徹底底安靜了。

從那時開始，他們之間就有了不提他妻、子的默契。不但不提，她甚至連想都避免去想。人，何必自尋煩惱？

也從那時開始，每次見面，他就習慣拉她的手。她心中有個模糊的聲音提醒她：漸入險境。但另一個更大的聲音卻告訴她：不妨冒險。

那時開始，她日日都覺得自己少一套衣服，每日上班，總要在鏡前翻尋半天，推翻昨夜想好的裝扮；而且，在上妝時，不自覺就把粉底打重，想換得一臉的煥然。每天，半是蓄意，半是不得已的讓他在巷口越等越久。看到他對她的遲到，無可奈何的一笑，然後縱容的將她的肩一摟，她覺得自己是被一個人捧在心窩上疼的，那種感覺真好。

問過電話後的連續數星期，他幾乎隔個三兩天就來一通電話，每逢禮拜天，早早的就打電話告訴她那天的行止，又是進貨，又是去哪裡，溫言款語，哄得她心頭暖暖的。

然而，這一日，太陽露臉半天，電話鈴卻不曾響過。她張著兩隻眼睛，慵慵懶懶的躺在床上。窗外，是四月杪的朝陽，透過繁花綠葉的窗簾，帶進來一室的焦躁。

電話就在翻來覆去中響起，她彈了起來，坐擁薄被懸著心諦聽。嫂嫂那粗粗的嗓門嘩啦啦的在二樓的空間豁了開來！

「阿芸，電話——去，去叫姑姑聽電話。」

不等小姪子敲門，她一翻身就跳下床，開了門，蹲下身親親小姪子，這才施施然走向電話，盡量表現得慢條斯理，無所等待的對著話筒「喂」了一聲。

「芸兒嗎？我以為妳出去了。」

「以為我出去，幹麼來電話？」

她嘴巴對著話筒嬌嗔，眼睛卻看住停在樓梯口的嫂嫂，硬是用目光把她請下樓去。

「拜託，別一早就嘔我。早上剛好接連來兩個生意上的電話，緊接著又聯絡工廠出貨的事，急得我什麼似的，既怕妳等電話，又不得不一口氣把事情處理好，才能專心陪妳玩。」

「你忙嘛，別為了我耽誤你的大生意。」

「唉唉，妳就饒了我吧，好不容易一個美麗的星期天。怎樣，我們去陽明山？這個時候上山最好了。」

「我跟你上山幹麼？」

說起來這是他們第一次正式約會，李芸兒雖滿心喜孜孜的，卻還知道沉住氣，採取欲推還就的姿態，在嘴皮上放刁。

「拜託，小姐，再拖就晚了。」他聽她沒有反對，馬上接口說：「十分鐘後在公車站牌等妳。」

不等她回答，他就掛了電話。饒是如此，她還是沒來由的，全身興奮得輕顫，癡癡的，癡癡的握著話筒出神。

匆匆梳洗，進了臥房，「刷」地一聲就拉開窗簾，陽光「嘩」地瀉了她一頭一臉，整個人無端更恍惚起來。

對著鏡子重重上一層水粉餅，稍稍把那滿滿一臉，從初三至今一直煩惱著她的青春痘遮得淡去一點；刷上腮紅，勾了眼線，樓下「叭叭」響了兩聲他倆默契相約的喇叭。她側過身子，偷偷躲在窗簾後拿眼外望，他那部橘紅色的車子緩緩駛過窗下，從三樓只望見車頂，看不到開車人，索性不看，抽回身子面對梳妝鏡，抬起手，卻不知還要在臉上加些什麼。

打開衣櫥，翻尋半天，一時竟不知要穿什麼才好。這樣的日子，這樣的天氣，這樣的心情……，她拉出那套緊身衣裙，套上身，在鏡前端詳半天，太暗了，搖搖頭，又脫下身；最後，終於決定穿那襲鵝黃色的迷你洋裝，外罩一件油綠的鉤織背心。

看看錶，遲了十七分鐘，她又坐回梳妝臺前，有一搭沒一搭的梳著頭髮，足足又挨滿三分鐘，這才拿起皮包，到樓下向正在禮佛的母親喊了一聲：

「我出去了，中午不回來吃飯。」

她母親回過頭，瞇著那雙嚴重的青光眼，說：

「去哪裡呀？春天後母面，下午天會轉壞，要多加一件外套。」

「有啦，加了。」她邊說邊急忙套上鞋子，唯恐母親追近來看仔細。

「我看看，妳可是又穿那種短得不像話的裙子？三番兩次跟妳說，二十多歲了，還露出兩條白蘿蔔大腿，跑進跑出的，多難看！」

「唉唷，又怎麼了嘛，這是流行，誰不這樣穿？我穿就不行了。」

門一摔，把母親的嘮叨拋在後面，李芸兒迎著陽光，帶著一身鮮麗走出去。

站牌前，他正叼著菸坐在駕駛座上。她打開車門，身上那件嫩黃鮮綠，照得他眼睛一亮。

他把菸往窗外一丟，踏上油門，一聲不響就操起方向盤。

車子在山間奔馳，窗外一圈一圈的綠，伴著沁涼的山嵐，直向眼前襲來；身旁的人，那股從咖啡色企鵝牌上裝裡散發出來的濃郁的男人味，一波一波的向她胸前掩到。

整個車程就這樣迷迷離離。陽明山在身後，金山尚遙不可及，當他把車停在一片平臺上，她還沉在那一渦迷離裡。

「妳的腿好性感。」

她從癡迷裡驚醒，本能的兩腿一緊，想要遮掩。緊張中，抬眼看他，只見他兩道眼光咄咄逼人，自己在他的注視下活像全身赤裸的、不潔的女人。

「真的，真性感，皮膚那麼白，長長的腿毛在絲襪底下躺著，真是撩撥人。」

他兩眼吃人似的在她的臉和腿上來回逡巡，這一刻，她才發現今天的方武男，和平時的含蓄體貼大不相同。

她想大聲斥責，也想出聲抗議，不知怎的，卻覺得全身無力，一句話也說不出口。

「我沒有見過這樣性感的腿，真的。」

他繼續說，邊說邊咄咄逼人的靠近。她往車門退縮，腦子裡一陣陣轟轟的響，他突然伸手用力將她一拉。她癱在他的懷裡，抬起頭要說話，卻見他像一座山，整個人向她壓了下來。

回程的路上，她既恨又悔的沉默著，她原只是無聊，而且以為和已婚男人出來，不會有什麼問題。到底他的孩子都比她高了，除了搭便車、郊遊，沒有目的的共度寂寞的時光之外，他們還能怎樣？兩個人不是心裡都明明白白的？然而，他竟敢如此！而更想不到的是，自己竟沒有反抗！他現在這樣一臉的毫無愧色，難道以為她是那種容易上手的落翅仔，做了就可以拍拍屁股走路？

然而，她竟沒有反抗，好像專程等他那樣做似的。

她茫然的望著前面的山路，心裡一個勁兒的喊著怎麼辦。她能要他怎麼樣？他會說，是妳願意的，我沒有強迫妳呀。而她能怎麼說？又能要一個已婚男人做什麼？

她在公車站牌前下車，終於沒有說出一言半語。而他，竟也沒有一句存問的話，連再見也省去了。

第二章

隔著距離，看不到那人的形貌，她依然感受到那種觸電般的感覺。意外所帶來的興奮，緊緊揪住她的全身。

第二天一早，她在鏡子裡望見自己一臉的憔悴，一夜沒睡，那原來就礙眼的青春痘，有幾顆冒得更大更紅，一碰就痛。她恨恨的瞪著鏡子，就是被這一臉痘子害死的，再美的眉、眼，也抵不上人家一張白淨淨的臉，臉一麻，又如何眉清目秀起來？這張臉，看起來就讓人不清爽，有時痘子化起膿，就更可怖，好像臉沒洗乾淨，講話時，往往逼得她不敢正視談話的對象。這些年，陸陸續續看過多少中西醫，連人家介紹的偏方也逐一嘗試，就是沒辦法治好。有些男人喜歡涎著臉對她嘻嘻的笑：

「結婚就好了。」

「有了男人就好了。」

每次被這樣意淫式的占便宜，她就要又氣又惱的怨艾半天。她不信男人就能解決一切，她母親不是三十八歲就守寡，沒有男人，自己一手把他們兄妹拉拔大的？男人？男人？唉，可是家裡有個男人，的確也是不錯的。

方武男算她的男人嗎？呸！她狠狠的啐了自己一口，不能再跟他混了，有妻有子的四十三歲男人，再混下去的後果如何？她根本不知道事情會發展成今天這個樣子。但是，如果不是這樣，像他們兩人這種交往，又能發展成什麼令人祝福的關係？她怎會想不到？

沒有遇見他就好了，儘管寂寞，但因為那是與生俱來的，就變得容易忍受。可是，人的一生，誰容許你「沒有怎樣就不會這樣」或「早知如此就如何」的重新來過？

拿在手裡的髮刷停在半空中，她頹然將它丟在梳妝臺上。等一下見到他要怎麼辦？讓他先開口，還是？表情呢？同車二十多分鐘，又該說些什麼話？男人和女人，在出乎意外做了那件事之後，應該再怎麼相處？

也許，從今天起，就不該再搭他的便車、不該再和他見面了，此去真是凶多吉少。

可是，平白讓他這樣，難道就一聲不吭的悄然隱退？是否該對他講清楚？怎麼開口？

這幾年，看多了同學成功或失敗的戀愛，直接間接知道她們這樣那樣的獻身，李芸兒心裡倒未必堅持婚前一定不能把身體給某一特殊的男人。起碼她就常在腦海裡幻想自己和小郭間的種種旖旎情節，如果小郭要求，想必自己不會拒絕，小郭，唉，如今，自己連這最足以自傲的「清白」也失去了，而且失去得莫名其妙，毫無價值。

「阿芸，七點四十了，還不下樓，妳在摸什麼？」

母親在樓梯口出聲喊，她才瞿然一驚！這麼晚了，竟不曾知覺。他到底出門沒？好像沒聽到車子開過的聲音，也沒有熟悉的兩聲喇叭，也許自己錯過了，說不定他早已在站牌等很久了。

總是要見面的，不管多尷尬。

她下樓，逕直走到門口穿鞋，她母親坐在飯桌旁直喊：

「吃碗稀飯呀，我已經盛好放涼了。老是這樣節食，不弄壞身體才怪。妳以為這樣前胸貼後背的好看？誰娶媳婦會挑這麼瘦的？」

「唉唷，我吃不下嘛，又遲到了，還吃！」

她摔了門就跑，跑兩步又趕緊放慢腳步，不行，別讓他以為自己急得要命。

一路上她一逕提醒自己別露出慌張的樣子，轉出巷子，在老地方卻看不到他的車子。莫非他等不及先走了？不可能，平常他多晚都等，他和人合夥，算半個老闆，也不必像她一樣趕八點半打卡。那麼，會不會還沒出門？過去那兩個月，不管她多晚，他都準時七點半在站牌等她。難道發生什麼事了？

李芸兒在站牌等過兩班公車，八點七分，真令人生氣！不來或不能來，難道不能電話通知一下？他又不是不知道她家電話。這人到底怎麼搞的？難不成他也害羞？也怕見面尷尬？

終於還是揮手叫了計程車，上車後還不死心的一個勁兒往後張望，直到車子轉個彎，開出大馬路，才悵然回過頭來。

一整日在辦公室，她唯一用心做的事情，就是豎著耳朵聽處長桌上的電話。今天，電話依然像往日一樣忙碌，只是沒一通是她的。他會不會出了什麼事？

除了注意電話就是跑洗手間，褲底大腿間，全是黏膩膩他的東西，早上才偷偷將換下的內褲丟到垃圾包裡，這會兒又溼黏黏教人難受，好像擦不乾淨似的。要是懷孕的話……呸！才一次怎會那麼不幸？

想到這裡，不由得煩躁起來。明天一定要給他臉色看，質問他今天怎麼沒來？或者打電話到他公司去？不，絕不打電話，無論如何，還是要維持這點均勢才可以：讓他找她。

然而，連著一星期見不到方武男，也沒接到半通電話，她就不能這樣篤定了。

終於還是顫抖著撥通他公司的電話，接話的是個女的，先問她是誰，才拖長聲音說：「李小姐呀——方先生現在不在。」

「請問他什麼時候會回來？」

對方停了一下，才說：

「不太清楚。」

「麻煩妳留個話，我姓李，請他回話。」

這通電話把她打入十八層地獄。女人的吞吐遲疑，使她直覺到電話打去時，他正坐在旁邊。她心中那點他存心躲她的疑慮落實了，不覺慌張起來。

事情怎會這樣？才剛開始，就即刻結束，頭尾都教人措手不及。剛和他相處時，他那樣汲汲營營，好像要對全世界宣布他們在一起的消息似的；而她，卻閃閃爍爍的，唯恐人家知道李芸兒和一個已婚男人在一起。當時的心態，即使他未婚，她也不願自己的男友，顯出那一身中年的富態，她不要別人說，她是找不到人，才跟這中年漢子在一起。如今，她可是連這樣一個角色也抓不住！

難道，男人對女人，都是一沾就罷手，淺嘗即止？難道她李芸兒，真的青澀得只交出初夜就讓男人無可回顧，棄若敝屣？她真的沒有一點令人繫念的地方？還是他太太知道，採取了行動？接電話的人，會不會是……她搖搖頭，從胡思亂想中掙扎出來，到底，自己對男人了解太少了，男人的情和慾，豈是她這初惹情孽的女子所能揣測？

日子有氣無力的過著，重逢的希望逐漸萎縮，就像她單薄的身子，直要蒸發掉似的。她完全沒想到，一個男人存心要躲女人，居然可以躲得這樣徹底。「咫尺天涯」原來是這樣殘酷的字眼。若不是還見到他那高頭大馬的妻子，和兩個像透了他的兒子，天天在十五號出出進進，她真會以為，那名叫方武男的男人，已經從這世上消失掉了。

走過風月後的寂寞，日日夜夜殺傷人似的緊咬著不放。這種見不得人的事，有誰能講？不僅有違禮教，還特別傷損自尊，「被棄」實在是很難說出口的事。眼淚流光並不代表塊壘已釋，何況，情淚哪有流乾的一天？

打電話給專校同班同學洪妙玉時，是她躊躇復躊躇，從崩潰邊緣走回來的痛苦決定：

「妙玉，我想和妳談談。」

「怎樣，碰到戀愛苦惱了？」妙玉在話筒中爽利的笑了開來。

「我很難過，不知道怎麼辦才好。」

「好吧，下班後妳來找我，家裡只有我一個人在，我父母都回鄉下老家去了。」

選擇妙玉談的原因，是因為洪在一年級時，曾和一位有婦之夫談過一場痛苦的戀愛，她的遭遇，洪能了解，最少也不會在心裡訕笑。

她們在妙玉那裝潢高級的客廳裡，縮腿歪在沙發上，聽她斷斷續續、遮遮掩掩的說完，妙玉握著茶杯，一雙眼睛直看入她心坎裡去：

「妳懷孕了？」

她搖搖頭，一張臉猛的燒熱起來。

「是沒有，還是不知道？」

「沒有。」她艱難的說：「那個昨天來了。」

「那妳還有什麼好擔心的？」

她吃驚的看著好朋友，簡直不相信妙玉會說出這樣的話！這是感情的事，不只是單純的懷孕問題。

「嚇一跳，對不對？」妙玉看著她，說：「我告訴妳，懷孕與否是最現實的問題，如果男人種了禍根，撒腿不管，妳得自己去解決肚子裡的那塊肉，妳說，妳怎麼辦？這不是比妳現在還慘？」

她張著兩隻乾澀的眼望著好友，她是全然沒主意了，不知道自己要怎麼生活下去？現在唯一的指望，就是看妙玉怎麼指點她。

「你現在能做的，最有用的事，就是和他一樣，算了。」妙玉看到她搖頭，馬上說：「辦不到，不甘心，對不對？可是時間一久，心裡自然就好過多了，妳要相信我，這是經驗之談。已婚男人和少女談戀愛，基本上都可說存心不良，最起碼都有『管他，發生以後再說』的不負責念頭；妳瞧瞧，方武男對妳根本不是因日久生情，先有感情做基礎，然後才進一步要妳的身體。這個人，一開始就想占妳便宜，我不知道妳怎會變成他的狩獵目標，算妳倒楣。但事實既已如此，妳越早看清事實、不存幻想，越能自痛苦中解脫，真的，這不是高調。」

芸兒沉吟著，半是懊惱、半是羞赧的問：

「他幹麼避不見面？」

「我想他可能抱著玩玩的心情，但沒想到玩了一個處女，說不定他也嚇著了，怕惹來什麼麻煩，所以暫時躲起來。但妳追究這些幹麼，越鑽牛角尖，只有越想不開而已。芸兒，老實說，妳怎會對男女關係，說得白一點，就是性關係，這樣沒概念？妳不知道有些男人很沒控制力，一觸即發的？」

「可是，他最少該有點喜歡我才會做這種事吧？」

妙玉哈的笑了起來：

「我的小姐，也許是有一點吧，不過男人的情和慾，未必是雙生兄弟呢，以後妳就明白了。」

「妳這樣說太可怕了。」

「這是事實。好吧，我們不談這個，我只是基於好朋友的立場勸妳罷了。妳是成年女人，一切可以自己決定。」妙玉將腿從沙發上放下，踩著地毯，垂著眼，想了一下，才又說：「那妳覺得，方武男究竟為什麼跟妳好？他準備將來怎麼安排妳？離婚呢，還是……」

李芸兒默不作聲。

「妳不知道，他也不曾和妳談，對吧？其實這件事最好的結局說不定就是現在這樣。對妳當然有損失，但每一個女人都會經過這一關，不是給這個男人，就是給那個男人。當然，像妳這樣，是奉獻得太離譜了，連自己也很難心服。不過，這種損失，比起繼續投資下去而沒有結果的損失，可以說小多了。假設事情會有結果，付出的代價勢必也會很高，兩者不成比例；而且，還會牽涉到所謂的道德或良心問題，這是免不了的，無論如何，總是破壞人家的家庭嘛。」

「事情不可能再發展下去了，他根本避不見面。」

「我跟妳打賭，他還會來找妳。」

李芸兒一聽，不自覺就活眉活眼起來。

「妳還挺新鮮，方武男可捨不得放棄。」

「可是，他現在連個人影也不見。」

「我想這是他的詭計，欲擒故縱，不怕妳不乖乖就範。或者他心虛，怕把禍闖大了，有後遺症，所以暫時避一下風頭，看看風聲再出來。不過，繼續下去，對妳可不是好事。」

妙玉注視著眉梢、眼角盡是春情的李芸兒，嘆了口氣，再問：

「張少華知道嗎？」

芸兒搖搖頭：

「這種事哪能到處說？」

「妳知道就好，將來還有許多叫天不應，呼地不靈，夠妳受的事。」

妙玉站起來，指指前面臥房：

「妳睡那間，都弄好了。」

「我們不睡一起？」

「房間那麼多，何必擠在一起？」妙玉笑笑，才說：「待會兒有個朋友要來，我和他睡在一起。」

李芸兒睜大眼睛看著好朋友，許多話想問卻問不出口。

妙玉解人的一笑，說：

「是男的朋友，沒錯。」

「妳，怎麼……妳家裡不知道？」

「怎會不知道？反正我做事一向自己負責。二十四、五了，父母也管不了，我們都是成年女人呵。」

「可是——」

「我挑選自己喜歡的男人，享受在一起的種種，一切不是很好？」

「既然這樣，乾脆結婚不是更好？」

「結婚談何容易？一輩子相看兩不厭，誰有把握？像現在這樣，不好就分手，沒什麼牽掛和瓜葛。結了婚可就不同啦，好結難離。中國人的婚姻，往往不是單純兩個人的事，而是兩個家族成親，周圍的人，很有本事影響當事者的感情。像我這種女人，很難討男朋友媽媽的歡心，在上一輩人心目中，我可是個壞女人呢。」

「可是，這樣太沒保障了，而且，也未免損失太大。」

妙玉格格大笑：

「結婚證書就是保障呀？那方武男的事，怎麼說？妳說損失太大，是不是指讓男人占便宜、和他睡覺？我倒覺得，自己得到很大的快樂，占了不少便宜呢。」

芸兒不自覺就靦腆的低下頭，兩個未婚女性這樣談論男女關係，未免難為情，尤其妙玉居然說出這樣的話，她什麼時候變得這麼前衛？

「好啦，妳去洗澡。會放水吧？瓦斯開關在後面。」

妙玉轉進臥室，出來丟給她一件睡袍：

「我的睡衣都是很性感的，反正今晚也沒有別人，將就一點。以後，妳就會習慣了。」

那一晚，她輾轉反側，身上那件透明、低胸又露腿的睡衣，引發她許多回憶和遐思。客廳裡偶然傳來妙玉和她男友的笑聲。該死！他們怎麼不進臥室？

日無新事，歲月過得很低調。即使是妙玉那麼解事的好友，也沒有辦法解決她的情緒；所謂婚姻或愛情顧問，又如何隔靴搔癢、解決什麼？情愛如係這麼單純的，可以適用定律解析的，則人間豈會存在萬般缺憾？方武男事件，幾日之間，使她忽然明白了若干道理，其中之一就是，心情再不好，遭遇再不幸，只要沒死，日子還是得咬緊牙關的過下去。誰能替妳受苦？

那日，她照例拿那一點二的雙睛，遠眺公車來的方向。巷口轉出一部橘紅色的轎車，她只覺得全身的血液都凍住了，兩條腿無端就發起抖來。她告訴自己：把眼光拿開，當做沒看到。但到頭來，她仍然張著那雙圓圓的眼睛，自遠而近迎住那部橘紅轎車。

男人把車門打開，只拿那雙嵌有紅絲的眼睛看她，沒有半句言語，她就柔順的上了車。

她心裡恨透自己，最起碼也該裝模做樣一番，天下哪有這麼便宜的事？平白受那許多苦、平白讓他呼之即來、揮之即去。然而，怪誰呢？怨誰呢？一切都是她渾渾沌沌招惹的呀。

男人不等她的眼淚滾下來，便淡淡的開口：

「我去了一趟中南部，有一批新貨要賣中南部，我自己去開發市場。」

她沒有問他：銷貨要一個多月？他果真出了一個月的門？沒有回來過？真的忙得連一通電話也沒辦法打？

那已經不重要了，可預知的回答令她心寒。她不能像見捐的秋扇一般，要抓住男人，不惜歪纏胡扯。

我要灑脫一點，她想。

滾啊滾的，奮鬥半天，淚水終究還是流了下來。

可恨，總是在這節骨眼上做不了主。

她把臉別開去。男人開始絮絮叨叨的敘說一些生意上的事，完全無視於她的情緒。奇怪的是，她在他長篇累牘的生意經下，居然平靜下來。

他讓她在老地方下車，對著她的背影拋下一句話：

「六點鐘我在這裡等妳。」

她回頭，來不及說一個字，他的車就開走了。

居然連她是否同意都不徵求！她一面在心裡狠狠的恨，一面卻又忍不住竊喜興奮，一路錯綜複雜中，不禁就罵自己：賤啊！

那一整日，她在去與不去間撕扯著。他會害死她，讓她萬劫不復。可是，就平白給他玩了？饒是妓女，也有夜度資，也有要不要的選擇權吧？她不甘心這樣毫無代價的輸掉自己的初夜，不，是自己清清白白的二十四年！總得說清楚吧？至少讓他了解這種情懷。

可是，她能索回什麼？說了又如何？能使他更看得起她，還是怎麼？對於有妻有子的男人，她這樣做圖個什麼？人家不是說，女人只有兩種：一種是處女，一種是非處女。一次跟一百次，其實都是一樣，洗不清了。

她在老地方上他的車。她簡直不能原諒自己為了這個約會而使用香水的心態。但她還是在頸上、耳後和肘間、胸前、腕上，仔仔細細點了香水。

男人熟練的轉了一兩個彎，把車停在距她辦公室不遠的後巷裡。

下車以後，她才發現自己正站在一家賓館前。

男人向她點頭示意，一言不發的走進賓館大門。她張皇的左右張望一下，急急趕在自動門關閉前尾隨進去。

然後，要房間、上樓梯、進房間，她覺得自己赤裸裸的展現在那女侍閱人無數的利眼中。

放下毛巾、衛生紙等盥洗物之後，女侍很快的退去。

他關好門，開始脫衣服。她坐在床沿，巴巴的看著他熟練而若無其事的拉領帶、解鈕扣，露出多而鬆垮的一身肉。

她看著他，在燈光下，突然覺得說不出的惡心。這樣一個男人，幾乎可以說是醜陋的男人，居然讓自己朝思暮想，死過一次，李芸兒呀，李芸兒，妳怎會如此的低品味？

然而，肉體還是肉體，它不屬於格調或品味的問題。當男人將她推倒在床上，重甸甸壓在她身上時，她就明白了。

她同時也明白，走到這裡，自己無論如何是走不回去了。

那以後，每次約會的地點，便順理成章的在旅社裡，幾乎一星期便要來一兩次，做同樣的事，心頭輾過同樣的掙扎。他小心不讓她懷孕；她恨他的經驗豐富，以及他的經驗帶給她的快樂。有一次她問他：

「你到底搞過多少女人？」

「什麼搞不搞？多難聽。我不像人家一樣亂搞，我要過的女人，都是心甘情願跟我。」

一句「心甘情願」說中她的痛處，讓她幾乎沒有招架的餘地。

「男女關係嘛，不外錢和情，要錢給錢，玩感情的，大家好來好散，誰也不欠誰。」

她禁不住心寒：

「你太太不知道？」

「她是睜隻眼閉隻眼。反正誰也危害不了她的方太太地位。男人嘛，逢場作戲，不算回事，她也樂得不管。」他抽著菸，掩不住得意：「和女人交往，事先大家就講清楚，要什麼，我給得起的就給，可是別破壞我的家庭，這是前提。一般說來，我交往過的女人都算識相，很少人鬧到我太太那裡去，老實說，鬧到那裡也沒用，我太太很厲害。」

她在暈黃的燈光下睨視著他飽經風霜的臉：

「你，玩過多少……沒結婚的女人？」

「沒結婚的？笑話！我的對象都是沒結婚的，至少和我交往當時都沒配偶。傻瓜才會去找已婚女人，那豈非自找麻煩？」

「我是說……處女。」

他好笑的看著他，也不知是真是假，淡淡的說：

「反正妳不是第一個。」

那次以後，她就知道，她在他心目中，只不過是許多短期情婦中的一個罷了，「處女」並未使她身分特殊一點，說不定他還嫌她不夠風情呢。

在他們處得火熱的那陣子，他居然不避諱的載著他的妻子在她面前出出進進，和她迎面遇上，也居然能面不改色，昂然而過，好像根本不認識她一樣。只留下她面對著車後黃塵，全身顫抖的邁不開腳步。

在床上和他理論這件事，他理直氣壯：

「難道要我熱絡的打招呼？我可是為妳好，同是街坊鄰居，事情鬧開來對妳沒好處。」

「最少你可以不帶她出去。」她退而求其次的要求。

「怎麼可能？她是我老婆，正牌的方太太。」

「你不是說，你們感情不好？」

「我的天！」他將菸蒂一丟，厭煩的抽出被她枕著的手臂：「妳開始露出女人煩人的本性了。」

「你設身處地想一想，我們這樣親密，你卻可以裝成全然不相識、完全的不相干，怎麼可以？看你和老婆那樣親熱的出出進進，我不難過？」

「難過什麼？在沒跟妳這樣之前，我們就是那樣了。」

「既然跟我這樣，難道你不能為我想一想，不帶她出去？」

「那是不可能的。妳當做沒看到不就得了。」他停了一下，突然又說：「反過來說，妳難道不能為我想一想？」

「為你想什麼？」相處時畏畏縮縮，見不得人的種種委屈，突然一古腦兒傾瀉而出：「你既要偷腥，又要維護家庭，做一個模範丈夫，世上哪有這麼美的、兩面光的事？所有的好處都該你得，一點責任也不必負？」

他赫然掀開毯子，跨下床，橫眉豎目的嚷：

「我要負什麼責任？是我逼妳的，求妳的？妳別鬧笑話了，又不是未成年的人，要我負什麼責任？妳如果覺得委屈，覺得不好，我們就別在一起。大家不是老早有了默契，好聚好散？沒見過這樣不清楚的女人。」

她萬沒想到，大情人翻起臉來這樣可怖，剛剛才和她蛇也似的廝纏，說不盡的軟話，現在卻可以站在那裡，對她大聲吆喝，要她離開。這人是拿什麼心腸和她相待？

她先是震怵，後來就委委屈屈、淒淒切切的哀泣起來。男人一聲不響，一件件的穿戴好，皺著眉頭坐在沙發上抽菸。

她仍是哭，哭得久了，見他沒有轉圜的意思，就乾脆把整個身子藏在被褥裡，沒頭沒臉的抽泣。

好半天，男人才不耐煩的出聲：

「好了吧，哭夠了沒有？不是人家對妳不好，是妳自己胡纏，惹人發火。」

她仍是一個勁兒的哭。

「起來穿衣服了，這樣哭哭哭，又不能解決問題。」

她虎的坐起來，顧不得一臉淚痕壞殘妝，抓住他的語尾質問：

「好！我們來解決問題！我們的事怎麼解決？」

他聳聳肩，好笑的看著她：

「妳說怎麼解決就怎麼解決。」

一句話逼得她為之語塞，既悔又恨，加上更多的不甘心。

他等她說話，見她又哭，才說：

「我們的事其實很單純，妳要走就走，要繼續就繼續，隨妳便。或者暫時維持現狀，等妳有了新男朋友再走，也隨妳。我們的事，我不會對別人說，這點妳不必擔心，我不會那麼不上路。」

這個男人，處處自衛得那麼好。她是一著棋輸，落得全盤皆輸，現在，她又能怎樣？

那以後，她仍是方武男的情婦。既不能眼不見為淨，又不能絲毫不動感情，她覺得自己扮演這情婦角色真是艱難。

現在，他們約會的時間，大都利用下班以後到八、九點之間，匆匆忙忙的，好像唯一的主題就是做愛，連說些體己題外話都嫌奢侈。陽明山事件後再相逢時，初時他還會處心積慮騰出星期假日，和她盡情享受，那才叫戀愛呀。過後不久，他突然忙碌起來，每個星期假日都有走不開的理由。也許，她已失去了那需要利用他大好星期假日的新鮮度了。每次他不能出來的理由都很堂皇：他老母親生日、他兒子聯考、客戶來、親戚來、回鄉下……沒有一個是「明理的女人」可以生氣的。

多少次，她在二樓窗簾後，窺見他們一家五口，擠進那部福特車，他居然毫不避諱的高聲叫喚妻子兒女，一點也不怕她聽見。往常她坐的車座，坐的卻是他太太！有時，只有他們夫妻兩人出門，回來時，他從後座搬出一大包一大包的塑膠袋，猜想是結伴到舊北投市場去買菜。多典型的恩愛夫妻呀。

七夕和中元，她看到他蹲在院子裡，一疊一疊的焚燒紙箔，那樣專注、那樣虔誠，連抬頭往她住的地方望一眼也不曾，火光熊熊中，儼然一個有家有室的中年男人。

她算什麼呢？一個沒有愛巢，連一個晚上也分享不到的「情婦」！他居然可以這樣凌遲她，真以為她又瞎、又聾、又麻木？

她怎能繼續這樣下去！

在咖啡屋裡，洪妙玉替她向同是好友的張少華說明一切。後者瞠目結舌，只一再反覆的問著：

「妳怎麼會碰到這種事？怎麼會碰到這種事？」

妙玉淡然的回說：

「這種事很平常，一年不知有多少樁。妳忘了我也碰過？」

「妳不同，妳有辦法解決。芸兒就不同了，軟趴趴的，只有任人擺布的份。」張少華搖搖頭：「也真是，怎麼去找個住在隔壁的相好？看著不窩心？」

「妳不用笑我，我快死了。」

「有什麼好死的？如果這種事也可以死，天下還有什麼事不能死？真是看不開！」

「她就是看不開。像她這種好女孩，實在是老老實實、安安分分找個丈夫，做賢妻良母最適合。怎會去惹這種事？根本不是做情婦的料。」妙玉點了一支菸，無可奈何的搖搖頭。

「妳有什麼打算？」

「我實在受不了，天天看著他們夫妻進進出出的，不如拿刀將我殺掉算了。」

「妳是不曾被刀砍過才說這種話，刀砍是見血的，妳這種罪，倒未必一定要受，苦不苦，全看妳自己。」

事不關己，一切好說，理論性的堂皇語，聽來格外不入耳。芸兒自暴自棄的對兩個好友說：

「事情已經到這地步，我還能怎樣？已經有汙點，洗不清了。」

「妳算了吧，別拿這話當做繼續做人情婦的擋箭牌。」少華恨恨的斥她：

「錯了一次就該萬劫不復，一輩子在地獄裡頭？如果這樣，世界上還有多少能抬頭挺胸過日子的人？妳也太窩囊了。」

芸兒，我們不談空話，實際一點，而且平心靜氣看這件事，妳自己明白，方武男不可能為妳離婚，妳也沒本事要他把妳安頓得有模有樣。如果這樣，妳還有什麼可圖？越下去，路只有越走越窄的了。妳難道沒有想過要離開他？」

「怎麼離開？他會來找我。」

「妳避開他不就得了？我不信他會天涯海角的找妳，沒到那種感情程度嘛。而且妳若堅持，他也不敢太勉強，這種男人我清楚得很，很會保護自己，能吃就吃，不能吃，撒腿就跑。」

「妳可以搬到我家住，反正我家空得很，我父母很少上臺北，弟弟又住校。」

一陣子不說話的妙玉，這時熱誠的插嘴進來。芸兒想：我去當不識相的電燈泡？自己也難過。嘴巴卻說：

「沒有用，他知道我公司。」

張少華突然兩手一拍，興奮的說：

「乾脆換個工作！學服裝設計的人，去搞什麼編輯？我看妳也學非所用，沒搞頭。不如到我們公司去，設計女性內衣，也是一門學問呢。」

「我怎麼向孫老師交代？那工作是她介紹的。」

「理由還不好編？問題是看妳自己的決心。」

在好朋友的策畫下，李芸兒半是猶疑半是無可奈何的辭去原來的工作。那種關係，在寂寞生活裡，是雞肋，又類似麻醉品，丟不掉，又讓人在慣性中沉溺。她也知道，不是今天，就是明天，早晚總有逼她做決定的時候。然而，時辰未到，終究犯不著去碰這棘手的問題。若不是妙玉的一席話，她還不會那麼快做決定。妙玉說：

「妳就把暫時失蹤當做下一步棋也不錯，這樣不告而別，說不定會讓一向把妳當做理所當然的方武男突然重視妳的存在，妳就可以趁此談條件了。就是要做情婦，也要做得風光一點。」

就這樣，帶了簡單的行囊到桃園去。心房裡，上半層懷著或許有新際遇的憧憬，下半層壓縮著模模糊糊、自己也不肯承認的、或許能藉機改善自己在現有關係中地位的想望。離開方武男的念頭不是沒有過。幾乎是下過千百遍的「決心」；而紙糊的決心，在接觸到男人的眼光、撫觸，甚至電話裡一個邀約，就輕易撞破了。自己也明白，不藉有形的距離或新人，李芸兒哪能離得開方武男，重新呼吸新鮮空氣？

然而鄉間歲月豈是好過的？在廠裡，她們四個女孩一間設計室，除了她，每個人似乎都能專心工作，自得其樂，一部收音機，整日開著，從國語歌曲聽到熱門音樂，似乎這樣就填滿了她們的生活空間；然而她是，曲曲都勾起此椿彼椿的心事呀。手裡拿捏著的蕾絲、縷空布、鋼絲，這樣那樣的比畫著，覺得件件都順不了她的眼。坐在對面的張少華，時而有意無意的瞟過來淡淡的眼光，淡淡的，但卻了然於胸，教人忍受不了的探照燈。

下班以後更教人難以打發。五點二十分就回到宿舍，上街有段距離，交通又不方便；不上街，簡直連一個小時都要發動一億個細胞才能打發。她不曉得，年輕輕的，張少華怎麼就能那麼篤定的鉤這鉤那，紛冗冗的紅塵情愛，當真沾不上她的眼睛？

「少華，躲在這種地方，哪會有認識男朋友的機會？妳當真要繼續待在這裡？瞧妳那篤定的樣子，我不信那是真的。」

「那妳要怎樣，敲鑼打鼓去尋嗎？我是一切隨緣，能遇到適合的人算運氣，一個人也不錯。總不能亂找瞎碰，萬一遇人不淑豈不更糟？」

「在這種地方，連一點機會也沒有，哪來的緣不緣？」

「那有什麼辦法？學我們這行的，除非才氣非凡，而且長袖善舞，才能闖出一點名氣，靠廠商支持，創出一番事業。否則還不是到處找個沾得上邊的工作做，偏偏這種工作都是工廠，很少在市中心。我們又沒有其他特長，找別的工作基本上就有困難，忍耐一點。」

「為什麼我們不自己設計服裝，拿到百貨公司或服飾店寄賣？」

「學服裝設計的人，最直接的想法就像妳這樣。但一牽涉到賣，就成了生意，而不只是單純的設計工作，我們行嗎？對銷售通路一點也不熟，而且寄售也得壓點本錢，家裡不可能支持我，我自己存的錢現在還少得很。」

「我們可以合作呀。」

「妳行嗎？妳還是先定下心來，再說其他吧。這樣失魂落魄、神不守舍的，能做什麼事？」

星期六，她一衝動就想回去。張少華苦心孤詣的留她：

「好不容易熬過一星期，妳這樣回去，豈不功虧一簣？」

「我又不回去找他！只是覺得這地方冷清得難受，簡直不是人過的。平常日子倒還罷了，周末，最少也回臺北看場電影，我快憋死了。」

「那，我們去桃園逛夜市？」

芸兒想了一下，終於點點頭。

逛完夜市，時間還早，芸兒執意要去算命：

「反正沒事嘛。」

「沒聽人說，命越算越薄的？」

「心亂得要命，無助時去算個命，說不定可以得到什麼啟示。我聽說桃園那算命的很靈。」

結果兩人還是去算了命，芸兒什麼都沒聽真切，只一句話教她心甘情願的信：

「妳聽到了吧，少華，他說我命中該和人共事一夫。」

張少華白眼一翻，沒好氣的說：

「還好他沒叫妳去死，否則我真不知妳到底是死或不死。」

「妳這人講話多毒，什麼死不死的。」

「生氣了吧？」張少華聳聳肩，看著變了臉的芸兒說：「感情的事管不得，再好的朋友，管多了也傷感情。芸兒，妳好自為之吧，從此好或壞，全看妳自己了。做為一個好朋友，我想我也只能盡心到此了。」

朝夕相處，話題一旦硬生生抽離了原先談慣的主題，乍然間，兩人相處便顯得尷尬而格格不入。多少次，芸兒不知不覺就要開口訴苦，猛一看少華那表情，只好知趣的噤聲不語。

現在，連個傾吐的對象也沒有，這份工作就更顯得枯燥乏味，幾乎連一天半日都教人難以忍受。可是，如今河渡了一半，全身溼透的沒在水中央，是進是退都需要一番跋涉，到底向哪一邊去，才不致滅頂？

年輕輕的，正該在十里洋場中爭逐，卻活生生被自己的愚昧放逐在這裡。那人，可想而知的，仍四平八穩的在扮演著標準丈夫和負責父親的角色。十天了，難道他不曾找過她，不知道她在哪裡？不會有一點點不安和憐惜？

對方武男，大概下哪一步棋都沒有用吧？他真是生來剋她的。原來的模糊期待，衍化到後來，就變成衝人的怨惱了。當真是和人共事一夫的命？待要信了，卻怎麼也不甘心，好好的一生，少女夢都沒做過，就這樣一腳錯、一生錯了？待要不信，卻明明和他瓜瓜葛葛的，自己越扯越不清……

那一日，她正站在設計桌前，蹙著眉審視裁了一半的紙型。有人喊她聽電話，她猜想又是六十多歲的老母親，要她回去吃拜拜。母親終究是母親，昨天也叫嫂嫂打電話要她回去。或許母親也敏感到女兒遭遇了什麼吧，否則怎會三天兩頭，藉口大大小小的名目要她回去？

「喂，我是阿芸啊。」她拿起話筒，在震耳欲聾的機器聲中大聲喊著。

「芸兒嗎？我是方武男。」

那聲音，千真萬確是她忘不了的，只是怎麼這樣挑弄人、怎麼是現在，在她幾乎已經絕望了才又出現！一次次的，總讓她在起起伏伏中飽受淩遲。早知自己逃不出他的手掌心，又何必巴巴跑到這裡，平白受這毫無意義的苦楚？

「喂，芸兒嗎？怎麼不說話？妳躲在這裡幹什麼──喂喂，妳在聽嗎？我現在在桃園，已經辦完事了，我馬上去看妳。」

隔著距離，看不到那人的形貌，她依然感受到那種觸電般的感覺。意外所帶來的興奮，緊緊揪住她的全身。

「喂，妳聽到了吧？電話太吵，見面再說。我大概五點二十左右會到，妳在工廠等我。」

電話很快掛斷，她怔怔站了好一會兒，才回到自己的設計桌前。張少華從對面抬起頭，細細看了她一會兒，慢條斯理的問道：

「方武男？」

「嗯。」芸兒應了一聲，不敢繼續搭腔，她怕少華出言探問，惹來一頓好說。

誰知，後來的半個鐘頭，張少華對她不聞不問，逕自做自己的事。直到下了班，芸兒見她在收拾東西，才怯怯的問她：

「妳不會笑我吧？」

少華一本正經的反問她：

「這種事，有這麼可笑嗎？我哭還來不及呢。」

芸兒明知她話中有話，事到臨頭，也只好囁囁嚅嚅說：

「等一下，他要來。我知道這樣不對，但我不知該怎麼辦才好。」

「隨緣吧，」少華疲倦而諒解的說：「旁人根本幫不上忙。」

一句話安靜了李芸兒，最少少華也明白，這種事要了結，絕非一朝一夕。

方武男來接她時，下工的人潮正一批一批湧出大門。她在眾目睽睽下，幾乎是帶點莫名的驕傲坐上他的車。

那一晚，吃飯、喝咖啡、哭泣、敘說，終至和他柔情蜜意的住進桃園一家飯店，一切就像久別重逢的戀人一樣。

她撥電話回宿舍給張少華，怯怯中掩不住興奮：

「少華，晚上我不回去，他給我一個晚上的時間，這是我們第一次一起過……」

張少華靜靜聽她用微顫的語音敘說。放下話筒，此起彼落的蟲聲，正在夏夜的牆角，火也似的叫了開來。

第三章

李芸兒一躍而起，衝往樓上，嘴裡邊嚎邊喊：「我去死好了！我去死好了！」

老舊的電風扇吃力的左右搖擺著，躲在帳子裡的張少華，一手捧著本厚磚頭小說，另一手還執了把紙扇，有一搭沒一搭的扇著。李芸兒溼著頭髮從浴室出來，對著張少華看：

「少華，我要吹頭髮。」

「妳吹呀，跟我講幹麼？」少華頭也沒抬。

「我要用插頭。」

張少華這才抬起頭，臉上的表情張牙舞爪：

「我又礙著妳什麼？延長線上三個插頭，妳不會將錄音機的插頭拔下來？真是！妳煩不煩？活像個沒魂的人。」

李芸兒依言去拔了錄音機的插頭，換上吹風機，對著鏡子便「呼呼」吹起短髮。過了會，她看著鏡子中的少華說：「少華，妳對我和方武男的事生氣，對不對？最近妳動不動就大聲，而且特別沒耐性。」

「笑話！」少華抬眼看了她一下：「妳別太抬舉方武男，那種人不值得我費心。」

「妳當然是為我生氣，我知道。」

「好了，芸兒，我不想管妳的事，但以後妳也別對我訴苦，好不好？我自己的煩惱就夠我煩了，真的。」

芸兒耐心的用圓刷子將瀏海往上捲，捲得有個形了，又叫少華：

「妳來幫我吹後面好不好？吹順就好。」

張少華白了她一眼，把書一丟，撩起帳子，跨下床，一手拿過她手裡的吹風機，忍不住就嘀咕。

「自己做不好的事就要量力，凡事都一樣，我就從不曾叫妳幫我吹頭髮。」

「妳能幹，我承認。」

「明天又要回臺北見方武男了？」

「妳不是不管我的事？」

「我是懶得管，不過順口問問。」

「少華，說真的，妳想不想換個工作，到臺北去？」

少華不說話，專心料理芸兒的頭髮。

「昨天我看到賓果睡衣徵設計師的人事廣告，我們可以去應徵，科班出身，又有工作經驗，錄取一定沒問題。工廠在三重，最少比較像有人住的地方。怎麼樣？」

少華沉吟著未置可否，芸兒又說：

「妳考慮一下，如果願意，明天我回來時順便帶幾張履歷片，一起寫了寄去。」

「有宿舍沒？」

「那有什麼關係？大不了我們合租一戶房子，下班還可以做做成衣設計。」

「妳呀，絕不是為了這個想換工作，還不是一心為了方武男。」

「就算是好了，但對妳也有好處。」

吹好頭，芸兒匆匆拉掉浴巾，套上緊身T恤和趕時髦的沒膝裙，對少華拋下一句「我明天早點回來」，便匆匆出門。搭上同事的摩托車到桃園，然後改搭公路局到臺北，為了趕時間，在重慶北路搭叫客的，一路輾轉，到家時剛過八點。

一進門便衝著大家問：

「有沒有我的電話？」

嫂嫂不由自主看母親一眼，旋即低下頭，繼續為小姪兒畫小汽車。母親問她：

「妳等誰電話，那麼重要？一個禮拜才回來一次，萬事不關心，進門只知道問這個。」

「沒什麼啦，我約了人，所以問問看。到底有沒有人找我？」

「沒有啦。」

該死的方武男！明明說好八點打電話，害她救火似的趕著回來。搞不好又有事，最近他已經連續兩次爽她的約了，一次是什麼英國客戶來，一次是他女兒的男朋友初次拜見準丈人，他必須留在家待客，明明是可以預知的事，到他嘴裡都變成臨時發生的急事，兩者相權，被犧牲的當然是他所謂「天長地久」的他們的約會。她摸不準那些事是真是假，但經過一年多的揣摸，她確實知道，相信一切他所說的，才有短暫的快樂和安寧可言。即使在這種關係中，睜一隻眼閉一隻眼也是必須的。

已經八點半了。她人在電視機前，心卻浮在半空中。等，她和他相處的時刻，大概還不足耗在等待時間的十分之一，總不能一輩子這樣等下去吧？

母親忽然開口問她：

「那姓方的朋友多大年紀了？聽聲音好像不太年輕。他是做什麼生意的？」

李芸兒故意看著螢幕，嘴裡含含糊糊的應著：

「化學染料。」

「多大年紀？」

「比我大一些。」

「到底大多少？總有個數。」母親提高聲音緊逼一句。

嫂嫂在一旁攔住母親，意味深長的對她說：

「阿芸，哪一天請方先生來家裡坐坐，大家交往了那麼久，也該給家裡認識認識了。」

她故意不回答。她就恨嫂嫂這種精明透了的「賢慧」，好像一切事都瞞不過她似的。若不是她說的，母親哪會知道有個姓方的男人？又哪知道年紀大不大？

但是，事情畢竟不可能永遠這樣下去，當真相大白時，她會怎麼樣？正名的方太太，此生是休想了。可是，總不能教她這樣不明不白的躲下去呀。躲得了自己，可躲得了天下人？躲得了今天，又豈能躲得過明天？

不能做正牌的方太太，難不成不能做二號？最少一個月可以名正言順的和他相處幾天；最少也能有個自己的小巢，可以接母親同住。母親，唉，母親那裡，當然會傷心，好好的丈夫不嫁，卻去做小星，教她怎麼跟親友們說？但生米煮成熟飯，到最後她應該也會同意才對。她實在不能再這樣一味的等下去了。等、等、等，她在方家，至今仍是個隱形人，連現身的權利也沒有，既不能找他，又不可以打電話，只有完全孤絕，無邊無涯的等下去！再冷靜的人，等久了也會瘋掉。

想起來他真高招，不到兩年的時間，他竟可以使一個少女由獻身、掙扎而至甘心做他的黑市夫人。而，這卑微的、大讓步的最起碼要求，也得不到他的首肯。有幾次，因他爽約兩人大吵，她威脅著要去見他太太，他倒冷靜，有恃無恐的說：

「妳去呀，到時被揍或被告，我可管不了。」

再怎樣，兩人也有一年多的感情了，他居然可以像沒事人似的揶揄她、威脅她！

每吵一次架，她的心就冷半截，多少次認真考慮分手，總被他隨興所至的一通電話軟化。他就有這本事，找妳時甜言蜜語說得順口得很，好像兩人間一點芥蒂也不曾發生；嫌妳時，狠話照樣一籮筐的傾瀉而出。她註定要乖乖接受，不能需求，否則平白被當面丟下一句「分手好了」，而又沒本事和他分手，處處不顯得自己犯賤？

冷冷熱熱，起起落落之間，她的心就無法平衡。

心裡一不平衡，她更沒辦法扮演甜蜜的情婦角色。她一而再、再而三和方武男提「身分」問題，每次都免不了要爆發一場爭吵。吵久了，他再也不在乎破壞自己彬彬有禮的紳士形象。緊接而來的副作用是：約好打電話的時間，往往過時不打；約好見面的日子，常常臨時爽約；這些事，全成了家常便飯。除了原來的「身分」問題，兩人平白又多了許多吵架的理由，吵到後來，他就來個避不見面，不理不睬。他倒也說得好：「找女人是找快樂，如果只有不痛不快，我找她幹麼？又不是白癡！妳要了解男人，吵、吵、吵，我不會乾脆不來？」

看來大概只有她是白癡了。

全然的白癡或絕對的愚昧也好，不懂得去爭持什麼，就會安於這種地位。

她恨自己，身在萬丈深淵、幾至滅頂的這會兒，卻還殘餘著可憐的一點自尊和清醒。吵什麼？和方武男的這場戰爭，他們原來就不是站在對等地位交手的。遍體鱗傷而不倒，她李芸兒也算有本事的。

九點四十三分。

本來還期望可以一起過個周末或什麼的，現在可完全絕望了。這麼晚他根本不能脫身，他怕太太懷疑。她一直搞不懂，他太太怎那麼厲害，將他箝制得服服貼貼，即使偷腥，也記得將嘴巴擦乾淨，緊守著三十八度線。人長得不好看，更不年輕，以女人的眼光看她，可是一點好處也沒有，她到底如何讓這棘手的方武男這樣聽話？感情？感情，是感情嗎？李芸兒終於不得不去面對這可怕的兩個字。

是的，感情，感情呢？

她想起妙玉說的話：「妳還有什麼值得繫住他的東西？妳有的，都給了，她可是清楚得很。現在妳身上的東西，他全可以在別的女人那裡找到，說不定更好。」

然而，感情呢，感情的事呢？

她彷彿聽到妙玉和少華的冷笑。

真的，感情呢？有時用點理智想，她也不信一個女人能厲害到那種程度。問題在哪裡？是患難夫妻的恩情？還是父親形象的維護？或竟是她李芸兒的魅力問題？

她一夜醒在枕上，絕望落落實實的。周末，是屬於「家」的。

打電話去！就是要他太太知道！我總要現身，不能永遠做個隱形人。不能讓他予取予求，平平順順毫無愧疚的做他的一家之主！

星期天早上，她躺在床上，無情無緒的瞪著天花板。隱隱約約聽到車子發動的聲音，她一骨碌爬起來，攀到窗欄上去。不錯，好一個美滿家庭，滿滿一車坐了他的妻子、兒女！

她手腳冰冷，只覺自己被棄置在一孤島上，遠近沒有一方帆影。

打電話到洪家去，妙玉正要出門：

「妳到我店裡去吧，我也正要去。」

她很快出門，連等公車也沒力氣，隨手招一部計程車直駛中山北路。

「伊人」服飾顯眼的座落在中山北路二段上。即使滿眼金星，她也注意到櫥窗布置得非常突出，妙玉到底是名副其實的女強人，年輕時那段不尋常的感情，反倒將她訓練得更堅強、更能幹！像這樣一爿店，請了三個設計師、兩個店員，賣自己的商標，南部大統和北部永琦，都有自己的專櫃。這要多少運籌帷幄的本領？而妙玉處理得井井有條、頭頭是道，甚至還有閒情逸致，這個男人、那個男孩的交往。

她踏進店裡，妙玉正在裡櫃臺比手畫腳和她的設計師談話。光溜溜的額頭襯得她一臉的粉嫩，豐腴的雙臂和上肩，在削肩、低領洋裝中，散發出成熟的韻味。自信，一樣使女人神采煥發，特別迷人。

她自個兒尋位而坐，看著妙玉發號施令。自己缺少的就是那份自信、篤定、決絕和魄力，或許這正是妙玉吸引男人的地方。方武男若是碰上妙玉，大概不敢用待她的態度待妙玉吧？她突然有個奇怪的聯想：在男女關係上，方武男和洪妙玉應該是旗鼓相當的一對，誰更高招？

妙玉開完支票，吁了一口氣，對她說：

「妳瞧我，忙得要悲傷也找不出時間。妳就是放任自己閒著，才把時間浪費在沒有意義的等待上。」

和張少華不同，即使滿臉笑，妙玉也自有一份懾人的威儀，這是否和她家境富裕、養尊處優有關？

「我們的方先生又怎麼啦？」

妙玉隨手倒了杯熱茶給她，隨口淡淡的問起。

芸兒絮絮叨叨的敘說著，一件事迤迤邐邐顯得更痛苦更嚴重，妙玉竟只不動聲色、平平常常的反問一句：

「妳打算怎樣？」

芸兒一時給問住了，結巴半天，才說：

「他是仗恃著我不敢吵到他家去、不敢讓他太太知道，才這樣待我！」

「為什麼不敢去？」

芸兒傻住了，料不到妙玉有此一問。

「妳就是這樣，只用感情，不用頭腦。這事拖這麼久，又搞成今天這副德行，老實說，妳『居功甚偉』，根本就是妳自己容許方武男這樣欺負人的，換了別人，看他敢不敢？」

妙玉白了她一眼，把口氣放緩，說：

「別人出什麼主意都其次，要妳自己是扶得起的阿斗。」

芸兒被說得坐立不安，只拿著沒主意的兩眼求著妙玉。

「去他家也未嘗不可，不過我懷疑效果，只怕更糟。妳不讓他太太裝鴕鳥，她只好反撲。萬一人家告妳，他又不肯做主，妳怎麼辦？說不定他還會藉機跟妳決裂，這可難說。我根本懷疑這人的誠意，放著一個女孩子這樣不生不死。」

「事實上他是有困難的，我們認識時，他就已經結婚，而且是三個孩子的爸爸，這已經是不能改變的事實。何況他太太有心臟病，動不動就休克，他不能冒險把我們的事跟她說，萬一出了人命，誰擔待得了？」

「那也是。既然妳這麼明理，事情還有什麼可爭的？妳就認命，安心做他見不得人的情婦好了。為什麼妳心理會不平衡？還要和他吵，難道不是妳自己也平不下這口氣，覺得不值得？」

李芸兒被說中心事，眼眶一熱。妙玉乘勝追擊，一點也不留情：

「妳別指望跟方武男的事會有什麼轉機了。今天這樣，十年以後也只能這樣，說不定更慘。由頭可以看尾，我不騙妳。要我是你，既不能沒有男人，又沒本事做情婦，就接受家裡安排的相親，找個對象結婚算了。一夫一妻，穩穩當當的，再怎麼都比黑市夫人強。不知道妳圖方武男什麼？學問，他初中畢業沒？人品，四十多的人了，看上去就不丰采；感情嘛，也輪不到妳死心塌地。這件事一開始我就告訴妳，最好的結局是陽明山那次就分手。現在搞成這樣，連一份美好的回憶都保持不了，何苦？」

傍晚，芸兒在妙玉的壯膽下，撥電話到方家去，指名要找方太太。

「我是啊，妳哪裡？」

「我是——方先生的朋友，女朋友。」

對方楞了一下，才問：

「小姐貴姓？」

聲音是鎮定透了，相形之下，李芸兒就顯得怯弱：

「妳不用問我姓什麼，妳只要知道有這個人就好。」

「這樣不知名、不知姓，怎麼談？」

「沒關係，沒名沒姓，好談。」

「——妳說妳，跟方先生……」

「是的，我們認識兩年，已經……已經很好了。」

「怎麼沒聽我先生說過？凡事他都不會瞞我。」

「他說妳心臟不好，不能受刺激。」

「唉呀，男人在外頭偶然拈花惹草，我不會在意的。」

「我們不是偶然的，我們已經好兩年了。我也不是那種上班小姐，我是清清白白的……」

李芸兒說到這裡，不禁悲從中來，說不下去。

「小姐，妳有什麼委屈，儘管對我說好了，我會替妳做主。要錢還是要找婦產科醫生，我們同是女人，好商量。我不會虧待妳的。」

李芸兒聽她好心好意的語氣，一言不發就掛斷電話。望著妙玉說：

「多賢淑的太太，要幫他付遮羞費呢。」

說來說去，自己終是理虧的一方，理一虧，又憑什麼談判？走進這種關係，本身就是絕路，無論兜多少圈，還是在泥淖裡。即使跳得出去也是一身狼狽。更何況，已經晚了，起先是不甘心，現在還是不甘心，加上一些依戀、一份留情、一點記憶、一段生命，錯綜複雜，便永遠教人在苦海裡浮沉。找誰都一樣，即令妙玉這樣的女人，對她也愛莫能助。

看她一副活不下去的樣子，妙玉終於還是不忍：

「我幫妳打電話，最少他對失約也要有個交代。」

妙玉撥通電話，也不知對方是誰、問啥，只見妙玉笑嘻嘻的說：

「我是新加坡的安妮，方先生答應今晚要來捧場的。」

對方不知說了什麼，妙玉笑對話筒說：

「如果今天他沒來，我就當他被車撞死了。」

「啪」的切了電話，就坐在那裡，細細沉思，想了會突然抬頭衝著芸兒說：

「妳快死心了吧，照這樣，將來他們夫妻合起來欺壓妳，妳還有什麼活路？軟腳蝦，怎能做人家情婦？情婦可不是省油燈做得好的，我看妳這樣子，又生氣又擔心。」

有個人說她總還是好，若連妙玉和少華都不理她，她還有哪條路可走？

晚上回到工廠，照例輾轉一夜，第二天赤著一雙眼睛對少華說：

「妳幫我請一天假，我要回臺北去，不說個清楚我死也不瞑目。」

「行嗎？要不要我陪妳去？」少華見她搖頭，就說：「這樣冒冒失失的去，找得到他嗎？我可以請假——」

芸兒堅決的搖搖頭，少華只好看著她挺直腰桿走出去。

妝也沒畫，滿臉紅麻麻的痘子，女人怎麼禁得起連著幾個晚上沒睡？她不信芸兒這一去會有好結果；想著她那誓死如歸的神情，少華就不禁不寒而慄。

李芸兒直驅臺北，下了公路局，攔部計程車就往松江路他的辦公室去。按了電梯，走到四樓之十一門口，吸口大氣，這才一手推開玻璃門，裡面六張桌子一覽無遺盡入眼底，哪有方武男的影子？

「請問，方先生——」

「他不在，妳哪裡找？」幾雙眼睛全對她探照過來，其中一個戴眼鏡的男性開口問她。

「我姓李，請問什麼地方找得到他？」

「他在外面。不過大概中午會回北投。」

「謝謝您。」

芸兒下了電梯看了下錶，十一點。她鑽進計程車，對司機說：

「新北投。」

她在自家巷口下車，先打電話到方家去，一個老婦人接的電話，直憨憨回答她：

「武男仔呵？快回來了，家裡有客人等他。」

她連謝也沒說就掛斷電話，屏著氣在巷口彳亍，既怕家人撞見，又怕等到的不只方武男一個人，一顆心在水裡火裡浸泡、燒煉，兩腳浮動有如踩在雲端，一步一動就是不落實。

約莫三、四十分鐘，才見他那部橘色車子自大路轉了進來。李芸兒猛的就從匿著的地方冒出來，不揮手不示意，直挺挺站在路中央。

車內的人把車放慢，斜斜開到路邊，伸手將右邊的窗鎖一拉，李芸兒走過來，自己開了車門坐進去，眼光直挺挺，連瞄也沒瞄他半眼。

兩人僵在車內，誰也不肯先開口。李芸兒目不斜視，久久眼淚卻不知不覺順腮而下，從前兩天開始就蓄積的一股怨氣，和準備要興師問罪的言辭，這會兒被他冷漠相待，竟悶悶的找不到出口冒出來，他這一招，就是專治她的。

靜默裡，「嚓」的一聲，猛的嚇了芸兒一跳，用眼角餘光瞥視一下，才知男人點上了菸。她是真恨他那好整以暇的樣子，好像全不把她的事當做正事般。

「到底又怎麼了？」

男人開口一派無辜，竟似她專程在尋釁。

「問你自己！說好打電話不打，我等死你就高興？」

「我說有空就打，妳長耳朵沒？」

「你明明是說……」

「好啦，現在又打算如何？難道天大的事都擱著，只要和妳兒女情長？男人在外面闖事業多辛苦？生意可不是坐在家裡等、和女人談情說愛就會送上門來！跑三點半也不是和妳卿卿我我就解決得了。妳最好搞清楚，整天跟我哭哭啼啼的，好運都給妳哭砸了。鬧、鬧、鬧！妳知道生意多難做，我都快支持不了了，妳還家裡、公司亂打電話，整天給我看這張哭喪臉，我煩都煩死了。」

她聽他長篇大論的編派不是，竟是怪自己掃把砸了他的生意！一股氣直往上衝，想說的話全噎住，一句也說不出口。

「剛認識時，活活潑潑、快快樂樂的，還滿討人喜歡。現在整日哭鬧騷擾，活像哭喪，誰耐煩和妳混？妳是越活越顛倒，活活被妳氣死！」

男子粗聲粗氣、一個勁兒的罵，直像要把她罵入地獄裡去似的。芸兒氣結了的，只是眼淚、鼻涕直流，連招架的餘地也沒有。

「像妳這樣，再有耐性的男人也受不了。妳自己說說看，妳到底給過人家什麼？自從跟妳好，生意就一落千丈，什麼掃把運都碰上！」

「你又給過我什麼？我這一輩子都被你毀了。」

「被我——」

男人突然住口，芸兒只覺眼前黑影晃動，抬起頭，看到嫂嫂攙著母親，兩人站在車燈處，驚怖的瞪著芸兒和方武男。

芸兒張開口，所有的恐懼透過車前窗，直向她渾身罩下。雙方僵了半天，嫂嫂才開口說：

「妳還不快出來！」

芸兒全沒主意，順從的爬出車子，一出來，才發現哥哥青著臉站在巷口，一下子像老了許多。

她低著頭，默默走到母親和嫂嫂面前，閃開哥哥，快步進巷子，踏入家門。

母親一進門，便抖著聲音問她：

「妳跟那有妻有子的男人，到底有什麼瓜葛，妳給我好好說出來。」

芸兒垂著頭，不言不語。

「妳倒說說看呀，妳是否被他、是否被他睡過？否則怎麼一點辦法也沒有，乖乖坐在那裡由著人蹧蹋？妳，妳說呀。」

芸兒撲通一聲跪下，叫了聲「媽」便放聲大哭。

她媽一伸手，狠狠給她一個耳光，自己忍不住也號啕起來。

三哥坐在一旁，不住唉聲嘆氣，嫂嫂吆喝兩個姪子到樓上去，一下子愁雲慘霧便罩住李家。

「我養妳這麼大，供妳念到專科畢業，是教妳去做人家的情婦？妳怎麼傻到這種地步？我們李家雖不是富豪人家，到底也是清清白白的家庭，三代下來，還沒聽過有給人做小的。如今……一個未出嫁的姑娘，竟這樣被人家採了花去，名節全沒了，教我怎麼對得起妳父親？又哪有臉見那些親戚？在這裡出入？我真歹命呵，養這種女兒，不如一頭撞死！」

母親說完，身子一撲，就往大理石地磚撞去，嫂嫂眼明，緊緊抓住她雙臂，只叫得一聲「媽」，兩行淚就奪眶而出。

「那姓方的，採了花還要賴，想要遺棄妳嗎？我好好一個女兒能任他這樣？他欺負我寡婦，沒人跟他理論？」

她母親掙脫嫂嫂的手，邊哭邊穿上拖鞋，一手拄了拐杖就往外走。

「我去跟他理論！一個清清白白的女兒，難道就這樣平白給他糟蹋掉，最少也得還我們一個公道！」

她三哥拉住老母親，苦著臉力勸：

「媽，這樣不好，到底是阿芸的錯。嚷開了，阿芸怎麼做人？」

母親劈頭就截斷他的話：

「阿芸有錯，畢竟年輕不懂事，那男的可是沒安好心，誘拐不懂事的少女，我做母親的不出頭，誰出頭？」

李芸兒拿頭撞著地磚，兩手扯住她母親的腿，聲淚俱下的哀求：

「媽，是我不對，妳給我留點面子吧。」

母親一揮手，拐杖結結實實的打上她的背脊。她仍不放手，哀哀泣著：

「媽，我求求您，這樣嚷開來，教我怎麼做人？」

「這時候妳還講究做人？如果早早能這樣想，還會有今天？」

「媽──」

老母親暴睜那雙嚴重的青光眼，厲聲對她的女兒喊道：

「誰再攔我，我就一頭撞死給他看！」

三哥搖搖頭，嫂嫂只好兩手一鬆，眼睜睜的看著母親摸索著出去。

李芸兒仍伏在地上，一個勁兒的哭。沒有人來扶她，她三哥一味垂頭嘆氣；三嫂苦著臉，小姑不比親妹，這種事既有親娘管，做嫂嫂的又能怎樣？

她母親一路拖長聲音哭過去，巷子夠窄的了，不愁左鄰右舍聽不到。李芸兒伏在地上，只求就這樣死去罷了。

她聽到十五號應門的聲音，然後，隔著兩所宅子，母親聲嘶力竭的喊叫清清楚楚飄過來：

「叫那姓方的出來！看他對我怎麼交代？今天如果沒有一個滿意的回答，我就死在這裡！」

「這不是隔壁十一號的老太太？什麼事要找我們方先生？」

「我不和妳說，我要找姓方的。」

「方先生不在，他的事就是我的事，告訴我是一樣的。」女人冷冷的聲音。

李芸兒聽不下去了，只第一個照面，她就知道母親會狼狽而回。她們哪裡是她的對手？身為方武男的太太，如果沒有一副鋼筋鐵骨，外加滿身刺蝟，如何身經百戰而不死？

而那千刀萬剮的方武男，這時候竟躲得像龜孫子，怎麼會愛上這樣一個不像男人的男人？

她跪伏著，聽到自己的隱私，在兩個女人嘴中一來一往的逐步渲染開來。這世界怎會如此荒謬？偷情居然可以用談判解決；而母愛，又怎會用如此荒唐的形式演出？

「方先生溫文有禮是出了名的，這給他帶來不少麻煩。現在的小姐臉皮可厚得要命，稍微周到一點，她就誤以為和她怎樣了，搞不清楚。我若不是明理的太太，早就不知氣得和他離過多少次婚。前些日子有個女的也來電話，說他是方先生的女朋友，莫非，那就是你們家那沒出嫁的小姐？」

「我不和妳論長道短，我只要姓方的出來解決問題。」母親雖然執拗，但口氣聽來軟弱多了。

「老太太，我若不是看妳年紀大，早就用掃把將妳掃出去了。這種見不得人的事，如果真有，妳不怕人家笑妳怎麼教養女兒去勾引人家丈夫？如果沒有，紅嘴白舌，妳就不怕破壞人家好好的家庭？敗壞人婚姻和家庭，可是大罪孽。我現在尚看在妳年紀大，顛顛倒倒，快請回吧，否則鬧到警局，我就不擔保自己有容人的量了——大雄，將這老太太給我請出去，關好門！他們不要臉，我們可要呀！」

聽到這裡，李芸兒一躍而起，衝往樓上，嘴裡邊嚎邊喊：

「我去死好了！我去死好了！」

母親是怎麼回來了，她不知道。好像從那時起，就聽到樓上樓下母女倆沒休止的哭，哭得岔了氣就咳，咳完又哭，直要把心哭破似的。

李芸兒在啜泣中，只聽嫂嫂勸母親：

「媽，眼睛不好，這樣哭下去，早晚會瞎的。」

「瞎？閉了才好！死了看不見，落個清淨，這樣睜眼看我女兒淪落，不如死了好。我們李家一向忠忠厚厚過日子，怎會發生這種事？我做了什麼孽？天呵，怎由著那姓方的這樣蹧蹋人？這樣欺負人？」

怎由得那姓方的這樣欺負人？李芸兒伏在枕上，第一次向那不可知的命運質問著。

木訥的哥哥，大概一整日沒出門，只聽到兩個姪子不時被粗聲粗氣的吆喝著，那個大的，還被揍得哇哇大哭。

那一向過的日子，都全然變形了，只因為我這該死的女子！

白日的紛紛擾擾，在漸濃的夜色中逐步沉寂。李芸兒靜坐黑暗中，直等到夜深人靜，才悄悄開了大門走出去。走到巷口，回頭望著那一路走過來的苦、痛、愛、恨和血淚，再也不能，再也不能平平常常的走進這條巷子、這個家了。

她先落宿在西門町的小旅館。陌生的被，寂寞的枕，第一夜，就在死與不死間掙扎。

第二天，睡到過午，哭腫的眼皮，被陽光用刺痛將它催開，一個人楞楞躺了會，晒著熱熱的陽光，忽然覺得活著，卻也有千百種讓人留戀的地方。撥對講機叫服務生拿報紙來，依著分類廣告欄的招租啟事打電話，然後依址去看過幾個地方，只花半天工夫，就決定了獨門的一間小公寓。

買床置被，粗粗安頓妥當，一個電話便打到方武男辦公室。

「妳怎麼回事？事情鬧得這樣大，大家怎麼做人？」

方武男對著話筒轟她，她只有哆嗦的份：

「我鬧的？鬧得無家可歸，成為巷子裡的笑柄、家裡的恥辱，對我有好處？」她聽他不說話，又接下去說：「發生這種事，你只會罵人，從來不擔心我怎樣。你，你這人還有心肝嗎？」

「我好受呀？家裡那個頻頻質問，鬧心疼又鬧自殺。我好受呀？」

「你就不怕我自殺？」

「算了，妳這種人不會走絕路。」

她無話可說，他就看準她不是一不做二不休的烈性人而為所欲為。

她將目前的地址和電話告訴他，他匆匆應了一句：

「好，有空和妳聯絡。」

「有空，是什麼時候？難道教我整天守著電話？」

「妳這人到底怎麼了？這樣不通氣！這節骨眼上我能亂跑嗎？萬一出了人命，妳擔待得起？」

「你只擔心她死，不怕我死？」

「好了、好了，我沒工夫和妳扯。她在公司也有耳目，妳要她找妳嗎？我再給妳打電話好了。」

「什麼時候？」

「我怎能預定？我忙呵，家裡又亂七八糟的。」

掛上電話，即使聽得出男人滿嘴不耐煩，但事情鬧開，心裡少一層見不得人、躲躲閃閃的負擔，又兼單獨出來自營生活，倒也給她一種解脫的感覺和煥然開始一個新生的期待。

兒孫自有兒孫福，但願母親在她離家後，能很快悟透這層道理。讓將屆六五高齡的母親，臨老遭受這種破滅的打擊，她無可躲閃的已經大大不孝在前了，今後只能硬了心無情下去，圖個母親眼不見為淨，算是不孝中的一點孝心罷了。

至於方武男，在不確知自己是否能離開他之前，最少應該改變一下，試圖扳回以前的局面。即使不為博他歡心，自己似也不宜再沉溺在這惶惶不可終日的深淵裡。活著，難道沒有其他的角度能瞻望？

她去街上購置了大疋窗簾布，用積蓄買了部縫紉機，車車縫縫的掛起一室綠意盎然的希望；也買了瓦斯、鍋、碗等；床原來就是雙人的，也不過三兩日，就布置得儼然一個家的模樣。

有了巢，她就可以名正言順的留著她的男人，再也不用畏畏葸葸上旅館了。

她吁了口氣，撥了長途電話去給張少華，對方一聽到她的聲音，便叫：

「我的小姐，妳還活著嗎？妳媽快急死了，妳應該通知他們一下，這樣不告而別太殘忍了。」

李芸兒停了一下，低低的說：

「我等一下就打電話回去。」

「妳什麼時候來上班？我幫妳連續請了三天假。」

「妳替我寫辭呈，順便妳也辭吧。早上我已寄了兩份履歷表去賓果公司，希望很大，即使沒錄取，我們也可以做成衣設計，我買了縫紉機。怎麼樣，一不做二不休，開始我們的計畫吧。」

「妳搞什麼，這樣有魄力？」

「下午妳請假到臺北來，我們當面商量。房子我都租好了，算了妳一份，兩個房間。等等，我先把地址和電話告訴妳。」

掛斷桃園的電話，芸兒不免情怯的打電話回去，接話的正是她預期的三嫂。

「嫂嫂，我在臺北租了房子，也準備在臺北上班。請妳轉告媽媽，我，對不起她。不過，我的事會自己處理，請她不要擔心。」

「妳在哪裡？」

「——過些日子我會回去看看，這裡我就不告訴妳們了——不、不，妳別來！妳們別來，免得媽媽見了又傷心。」

該交代的都交代過了，剩下的，就是一心一意等方武男。

連著三天，她將準備好的魚肉從冷凍庫拿出、再放進，重複到第四天，她幾乎連再望一眼冰箱的勇氣都失去。這種「誠意」，連她自己都難以說服。

她打電話到公司去，電話響半天沒人接。撥到家裡去，一聽接話的是他太太，她一言不發，馬上掛斷。半個小時後，她又撥了一次，他兒子接的，去了半天，仍舊換上他太太，她只好又一言不發的掛上電話。

情勢依然沒有改變，千篇一律的單向聯絡，即使她現在敢打他家電話，但除非正巧他自己接，否則也束手無策。這是一種什麼鬼關係？她好像被圍剿的野獸，突圍無望，只在圈圈裡頭破血流的橫衝直撞。

住處電話，也只讓少華和妙玉知道。繼續這種不容於世的關係，她還沒有公諸於親朋的勇氣。若能無聲無息的從過去的生活世界消失，也許就是她目前最大的期望了。不僅孫老師找她，要投紅炸彈、要開同學會，同學們也紛紛打聽她的下落；流言總免不了，只要不必去面對它就好了。

生活，原也可以處理得單純一點。

第四章

李芸兒默默離座，到臥室裡開抽屜，數了四千塊，然後在賬簿上記下一筆。

長形的裁衣板上，鋪滿了整疋粉紫碎花布料；張少華站在板架前，拿著粉片依紙型在布料上畫線。李芸兒在她左後方，低頭踩著縫紉機。不遠處，饒是立式電扇對兩人吹著一股強風，她們還是不時拿起擱在一旁的毛巾拭汗。

「我們今年設計的，就只這款受歡迎，算算連這批，大概出貨六十多套了。」

「六十多套有什麼用？趕工趕得要死，利潤卻少。說真的，春夏裝沒什麼賺頭，還是冬裝好賺，單價高，人們也不嫌貴。」芸兒停止踩縫紉機的動作，右手捶著左肩說：「伊人那邊好銷，我們的東西適合中山北路格調。」

「那也未必，妙玉幫忙很有關係，她把我們的貨都擺在顯眼地方。」

「倒也是，好朋友嘛。」芸兒停了踩機器的動作，將衣服拿起，就著牙，咬斷縫線，看著少華的背影說：「少華，都八月了，我們到底做不做冬裝？若要，也該計畫了吧，款式、數量、用色、買料都得斟酌，眼光一錯，可賠大了。」

「其實我們小資本的，根本做不起冬裝，壓的本錢太大，而且做得出來的貨有限，無法創造流行，只好跟著大廠商的步調走，這樣成敗就更由不得自己了。」

「不管如何，閒著也是閒著，而且每個月要付房租，要生活，不拚怎行？」

「妳也懂這個了？其實我們何不各自去找個工作上班，薪水雖比現在收入少，但最少夠吃、夠住，又有下班時間，不會像現在沒日沒夜的累，還要提心吊膽。況且長期關在這裡，接觸的人太少，對我們也不好。你瞧，我們都二十七了。」

芸兒沒說話，另拿了一件裁好的料子，接下來縫。

「芸兒，上次孫老師不是介紹妳到家職去教縫紉，怎麼還不給她回音？這可是個難得的好機會，現在市內教職誰不搶？到底職位有限、流動又小，連師大畢業生都未必人人能在市內執教呢。妳如果去教書，我可以再到大公司找個工作，不會賦閒成無業遊民。怎麼樣？」

「不想去。」

「怎麼回事？私校一樣有寒暑假，待遇又不差，辛苦一點是沒錯，但也值得。要我是妳，爭著去。可惜我成績不夠好，孫老師只找妳這得意門生。」

芸兒不作聲，繼續踩縫車，似乎想藉機器打斷談話。

「喂，我在問妳呀。」張少華回過頭，大聲衝著她叫。

芸兒停下工作，抬頭望少華，嘲弄的反問她：

「如果學校知道校內女老師，原來是搶人家丈夫的女人，會有什麼反應？」

「妳搶得動呀？方武男不好端端的還是他老婆的標準丈夫，每一天晚上都回家過夜？」

「妳何必笑我？我是沒本事，做人家情婦三年多，還沒辦法留他在這裡住一宿。妳又何必笑我？」

「我不是笑妳，我是提醒妳，犯不著把自己當做十惡不赦的女人。妳這種人，沒本事做罪大惡極的事。而且去學校對妳也好，接觸那種風氣和年輕學生，也許就不會把老方當做唯一的世界了。」

芸兒堅決的搖搖頭：

「我已經回絕孫老師了，無論如何，我也不會去教書，沒資格。」

「我的天！妳是去教縫紉，不是教倫理道德呀。」

「都一樣，妳不懂，少華，在那種環境，我會整天不安，自慚形穢。」

「我看妳是準備一輩子做方武男的情婦囉？」少華斜她一眼，搖搖頭：「從前妳還會掙扎、努力，企圖要擺脫；現在卻是死心塌地的跟定他了。不說妳母親，我看著也傷心。」

「我媽，她以為我沒跟方武男了。」

「那是妳說的，妳以為她真那麼傻？她只不過睜一眼閉一眼，女兒在外，根本管不到，管多了妳又不願回去，所以才不當面問妳。」

「我們別說了好不好？明晚出貨當真要來不及。」

兩人繼續又縫又裁。天色漸暗，少華去開了燈，順便打開冰箱倒水喝，問芸兒：「要不要？」

芸兒搖搖頭，說：

「晚飯怎麼辦？隨便下個麵好了。」

「又是麵！我快噁心死了。後天去伊人結賬，要妙玉給我們一部分現金，我們去大吃一頓，順便到書舖翻翻外國時裝雜誌。」

芸兒還未答腔，電話鈴突然響了起來，她手一停便想離座去接，卻被少華就近接了。

「妳的。」少華臭著臉將話筒一擱，又回到裁衣檯前繼續工作。

只要看她的表情，芸兒就知道電話是方武男打的。七、八天不見，不知他忙些什麼。喜孜孜中畢竟掩不住三分怨。

「芸兒嗎？我現在在新生北路修車，身上剛好沒現款，妳能不能帶些錢出來？」

一聽是要錢，心頭不覺冷半截。虧他有勇氣連虛偽作飾的一切前奏都省了；或者他是逼急了，乾脆直截了當，開門見山的說出來。饒是心冷，嘴裡仍不忍不應：

「要多少？」

「三、四千塊好了，晚上我還要請客戶吃飯。」

芸兒遲疑了一下，把不快嚥下去，說：

「好，你在哪裡？」

方武男將地點告訴她。電話一掛，芸兒便對少華說：
「少華，我先從公款拿四千元好不好？方武男修車沒帶錢。」
「這種男人怎麼搞的？沒錢修車擺什麼闊？開什麼車？我們可是辛辛苦苦、一針一線掙來的錢，這個月就被他拿去多少？又不是慈善機構。」
「不要說得那麼難聽，有困難幫著周轉，不是朋友之道？我會還妳的，從我應得的那份扣掉就好，何必那麼大聲嚷？」
「還？為什麼要妳還，借錢的是他，他為什麼不還？」
「他最近生意失敗，被人虧空好多錢，周轉比較困難。」
「男人生意失敗，誰不是說被人連累？妳就信這套。搞不好是被別的女人揮霍掉的。」
芸兒低著頭，悶悶又釘了一句：
「借不借？」
少華不答腔，用力扯著花巾，像要把布料扯破似的。李芸兒默默離座，到臥室裡開抽屜，數了四千塊，然後在賬簿上記下一筆。出來經過少華身邊，低聲說：

「我走了。」

少華恨道：

「貨都趕不出來，那男人一通電話妳就出去，大家都別幹算了！」說著「嘩」的一聲就把裁衣板上的剪刀、粉片、布料全撥到地上去，哭著跑進臥室。

芸兒呆了一下，顧不得回頭安慰好友，帶上門，匆匆小跑到巷口，攔了部車直駛到新生北路。

在車上，她才從手提袋裡拿出吸油紙，對著小鏡子把臉拭淨，又拿出粉餅撲了一臉；藍藍綠綠的眼影幾乎用罄，她用海棉棒狠狠壓著盒角僅餘的一點粉末，在眼瞼上刷了點顏色；又在手提袋裡猛搜半天，才記起腮紅擱在梳妝臺上忘了帶出來。人到二十七、八，不上點顏色，臉上就蠟黃一片，靈機一動，拿出口紅，在兩腮分別點了幾點，用手抹勻，倒也透出一抹桃紅，人也精神起來。

車到方武男修車的停車廠，她一步步拾級而下石梯，遠遠便瞧見方武男在店裡打電話，對著話筒一臉的笑。猛然看見她走近，匆匆掛斷電話，迎了出來，嘿嘿直陪笑：

「妳來得快，我正在打電話聯絡晚上請客的事。」

不知怎的，她心裡泛起一股莫名其妙的憐憫，以前多麼不可一世的男人，生意落敗，便顯出搖尾乞憐的姿態，她因愛而資助他，可不願看到他那副畏葸的模樣。

「車子早就修好，我在等妳帶錢來。」

芸兒從手提袋裡拿出四千塊遞給他，他接過鈔票，右手食指沾上口水，當她的面點數起來：

「四千塊，沒錯。」他把錢塞進褲袋裡。自自然然的對她說：「那妳回去吧。」

「你就一心等我專程來給你送鈔票，也不用現實得鈔票到手就趕我回去。你可知我們連趕兩個通宵準備出貨，根本走不開，我是橫了心把張少華氣哭出來的，你卻這副樣子！最少我們也可聊聊，難道除了錢，你對我就無話可說？」

「妳別氣成那個樣子，我怎會那樣不通氣？」方武男抓住她的右手肘，把她半拖半推到修車廠外：「妳知道我生意失敗，腦子亂糟糟的，何必跟我嘔氣？妳知道，一大堆事需要解決，我又約好客戶談事情，所以就對妳直話直說，沒料到妳不諒解，生了氣。」

芸兒心一軟，便把口氣也放軟，問道：

「什麼客戶，約得那麼早？」

「生意上的，要向他周轉一下。」

「我不能去？」

方武男一臉的為難，說：

「不方便，他認識我太太，現在這節骨眼上，正需要別人幫忙，不能有壞把柄落在別人眼裡，人家以為我搞女人搞垮了。」

「至少我們也可以聊聊，到底有七、八天不見了。忙忙趕我走，讓人覺得你找我純粹為錢。」

「別說得那麼難聽好不好？幾千塊的事。從前生意順時，我方武男什麼陣仗沒見過？嘖嘖，妳也是，朋友間通財平常得很，何況你我這樣情同夫妻？」方武男話鋒一轉，適可而止，說：「這幾天我還不是巴望著去妳那兒，但事情一團糟，又是退票、補款，又是客戶、又是工廠，還得應付債權人，真恨不得三頭六臂，一次解決。」

芸兒聽他說得可憐，便問：

「退票的事怎麼辦？」

「還能怎麼辦？找個有力人士斡旋一下，先把票拿回來，一切利息免付，還款三成，延期半年。否則怎麼辦？人命一條，人肉鹹的，怎麼辦？」

「人家肯嗎？」

「不肯拉倒！要不到錢，由不得他們不肯。倒閉的人乘機失蹤躲債多的是，我算是有擔當的，還出面解決。」

「到底欠多少？」芸兒憂慮的問。

「說了讓妳白操心，改天再詳談。妳，回去吧。」

芸兒遲疑著不走，又問：

「你到底約了幾點？」

「六點鐘。」

看看錶是五點半，芸兒死了心不再蘑菇，只問：

「你到哪裡？順路的話載我一程。」

方武男臉色微變，說：

「不順路，況且時間也來不及，妳自己搭車去吧。」

芸兒無奈，偏又執拗的磨：

「車子修好了，乾脆一塊走嘛，能到哪裡，就送我到哪裡。」

方武男急說：

「不行，妳先走，下班時間擠，妳別害我遲到，今天可是決勝負的關鍵。」

芸兒見終不能如願，只得揮揮手，落寞的走出停車場。

一近黃昏，酷暑漸消，她信步彎入長安東路，想既然已甘冒不韙出來了，乾脆吃過晚飯再回去，順便為少華帶點好吃的回去，多少讓她消點氣。這樣想著便邊走邊看。

穿過中山北路，在長安西路進了一家素食館，叫一碗炒素麵，一個人慢條斯理的吃著，臨走外帶一個素什錦便當，準備給張少華當晚餐。

飯館裡出來，中山北路已一片燈火。

公車一部銜著一部，盡是趕路回家的人。

「我也該回家了。」剛一這樣想，自己便淒涼起來，那地方怎能算家？沒有親人，甚至也沒有男人，只為了將就方武男蜻蜓點水式的這份情，逕自選擇了漂泊一途，永遠自絕於家人。

她貶了下眼，把眼中那片模糊貶掉。還是快走吧，晚上恐怕得再做通宵，才能補回這兩小時空檔。

搭上十七路，往大直的方向走，打算在圓山站下車，再換計程車，比較省錢。

六點多，仍是尖峰時期，車內無座，車外車水馬龍，一車挨著一車，人人在蝸行裡麻木著一張臉。

車過南京東路，芸兒不耐煩的拿眼在車窗外逡巡，真不該走中山北路，早知道這是條大幹道，人車擁擠，到家怕不七點半了。少華恐怕下麵吃過了？說起來少華真是個好朋友，不計較，又處處顧著她，就只方武男的事讓她看不過，經常念叨，有時讓人受不了而已。

一部橘紅轎車擠在慢車道上，和方武男的同一型。她遠遠看著，禁不住浮起一份親切感。她坐的大巴士往前又動了幾步，下意識的念念車號，猛一嚇，怎麼和他的一模一樣？

她伸長脖子，又讀了一遍車號，沒錯，是他的。她突然沒來由一陣緊張，緊盯著橘紅色轎車的車屁股，想從後窗看清楚車內。

車子繼續移動，快車道車行快了點，當車子開過橘紅轎車時，她低頭向外探看，忽覺腦門一轟，整個人直要向後栽倒！原來方武男口中的客戶，竟是個打扮入時的女郎，雖稱不上秀麗，但刻意雕琢過，自有逼人的氣勢。

正像過去他對她使的招術，此刻車停不行，他的右手正壓在她的左手上，還不肯安分的在上頭摩搓著。

李芸兒擠近車門，對車掌說：

「下車！請讓我下車。」

車掌白她一眼，說：

「這是快車道，又不是站牌，出事了誰負責？」

「拜託，」芸兒靈機一動，撒了謊：「我想吐。」

車掌把身子挪動一下，似乎怕她吐上一身，說：

「忍耐一下，站牌馬上到了。」

車未停妥，芸兒便一躍跳下，站在安全島上。橘紅轎車正在過十字路口，她顧不得來車，便闖過慢車道，見一部空計程車慢行路邊，她敲車窗，自己開了門，鑽進車子裡，對司機說：

「跟著那部橘紅福特車。」

司機聞言，精神大為抖擻，一邊找空隙鑽，一邊從後視鏡看她。這時，李芸兒根本顧不得自己在旁人眼中是什麼怪物，只一疊連聲的催：

「快一點，黃燈亮了，拜託，快點！」

計程車左閃右鑽，終於搶過綠、黃燈之交，目標車就在前面，只隔著一部車而已。

「請你就這樣跟著，保持這個距離。」

跟蹤一小段，目標車突然打了方向燈，轉入中山區公所旁的大型停車場。李芸兒緊張的大叫：

「停車！」

司機停了車，從後視鏡裡好笑的看著她。

李芸兒遞給他一張五十元鈔，不等找錢便急急下車，站在停車場入口往裡看。

目標車在管理員指揮下，慢慢轉入停車位。不久，車子停妥，方武男一手搭在女人肩上，有說有笑的走向出口。

李芸兒閃到邊巷，緊張的等著他們出來。她一方面因受騙憤怒而發抖，另一方面，卻因即將揭開的局面而緊張，整個人像被軀體內的炸彈炸開似的四分五裂。

她不曉得該繼續跟蹤下去，還是即刻現身。跟蹤下去只怕會有自己忍受不了極不堪的場面出現；即刻現身方武男卻有堂皇的理由可以搪塞，又拿他沒有辦法。李芸兒站在氣悶的夏夜裡，只覺全身發冷。

方武男和那女子終於走了出來，向右彎，朝國賓飯店的大門走去。女人不知說了什麼，只見方武男搭著她肩的手一緊，輕憐蜜愛的說：

「等一下好好疼妳。」

一句話像根強力彈簧，將李芸兒從隱身的地方彈了出來，筆直筆直的站著，淒厲的對著一男一女的背影嘶喊開出：

「方武男！」

方武男和那女子一齊回頭，前者看到她，臉色數變，先是驚慌，後是惱羞成怒，搭著女人肩膀的手卻一直沒有放下來，只定定的看著她。

女人嬌聲問他：

「是誰呀，那麼恐怖的樣子？」

「一個——朋友，普通朋友。」

聲音雖低，還是讓她聽到了。真沒料到他會說這種話，擺這個嘴臉。她直走到他面前，拚著一死似的咬牙切齒：「你怎能做這種事？不怕天打雷劈？」

「我做了什麼？妳別莫名其妙。有話改天再談，我今天有要緊事。」

一句要緊事，更撩起她萬丈怒火：

「什麼要緊事？就是跟這臭女人鬼混？你拿我的錢嫖別的女人……」

「小文，妳別生氣，這女人瘋了，嘴裡不乾不淨的──妳先去阿眉廳等我，我馬上就來。」

方武男輕輕推了那女子一下，女子不肯動，方武男無奈，狠狠瞪了李芸兒一眼，索性相應不理，轉身往飯店走。

李芸兒氣極了，伸手去抓方武男手臂，沒想到男人臂膀結實，她一閃手沒抓著，只有尖尖的指甲從皮膚上刮了過去！男人「唉喲」一聲，扭回頭一出手，將李芸兒推得後退好幾步。

李芸兒沒料到方武男竟敢伸手推她！還沒站定，便又像瘋了般，一頭向方武男撞去！嘴裡一個勁的喊：

「你不讓我活，大家一起死！我跟你拚了！」

方武男手一鬆，讓那女子站開去；李芸兒人一衝到，他便一手抓住她，將她往旁邊一撥，李芸兒踉踉蹌蹌跌倒，馬上又跳起來，再衝到方武男身上，又是手又是腳的抓抓打打。混亂中，李芸兒挨了一記耳光，胸前受幾拳，頸上那串她母親給的項鍊被方武男扯斷，落在地上。李芸兒哭得像淚人兒似的，顧不得圍觀看熱鬧的人越來越多，屢仆屢起，似要拚個一死！

方武男見看的人多，加上身邊女人一直一覽無遺的看了所有經過，如果再鬧下去，只怕事情不能收拾，因此便拉了那叫小文的女子，說：

「我們走！」

兩人半走半跑向停車場，本來跌坐在地上的李芸兒，一把抓起跌斷的金鍊子，也緊跟在他們身後跑。

跑到停車場，方武男逕自坐入駕駛座，隨即打開旁座車門，讓小文進去。李芸兒這時已氣喘吁吁的趕到，攀住車門不讓關，硬要擠到前座去。

「你這女人怎麼搞的？這樣不要臉？妳是誰嘛？」

「我是方太太。」李芸兒瞪著女人說。

女人冷笑一下，說：

「方太太只有一位，可惜不是妳。」

李芸兒氣極了，突然口尖舌利起來：

「妳知道有方太太就好。」

「妳又不是方太太，根本沒權利這樣。」

「我有沒有權利妳問方武男。今天妳坐的車，吃的飯，全是我的錢！他打電話要我送錢讓他付修車費，請客戶吃飯……原來客戶就是妳！一個女人可以不顧顏面和他這樣吵，自然有她不能不吵的原因，妳自己想想看就知道。妳如果落入他陷阱，只怕將來要受和我相同的罪。」

女人不說話。方武男趴在方向盤上，恨惱的說：

「妳有完沒完？瘋夠了沒？」

「沒有！今天我要討個公道。」

名叫小文的女人突然推開李芸兒，說：

「妳讓開，我要走了，你們的事自己去解決，我犯不著蹚渾水。」

「等一下，小文。」方武男著急得又叫又拉：「我有話對妳說。」

小文甩掉方武男的手，推開李芸兒，踩著高跟鞋一扭一扭的離開停車場。李芸兒一下子從緊張邊緣脫出，倍感疲倦，攀住車門，一屁股坐上前座，整個人癱瘓似的，仰靠在椅背上。

方武男見她坐進來，便粗聲粗氣的罵了開來：

「這下妳可高興了，好好的一件事被妳搞砸，我完了！我完了！」

「我壞了你的好事，是不是？揭開你的騙局，讓你少造孽！」

「妳知道什麼？她本來要借我一筆錢，我就可以度過這個難關……現在卻被妳一手搞砸了，可恨，可恨！」方武男把臉埋在方向盤裡，用左手不斷拍打著方向盤，懊惱萬分。

李芸兒突然明白了，原來他在施用「美男計」，假藉感情騙取女人的金錢！她覺得極端噁心，眼前一陣突如其來的昏黑。

「妳這女人，滿腦子都是狗屁感情，妳口口聲聲說愛我，卻一天到晚扯我後腿！我是倒了八輩子楣才和妳在一起，本來好好的一筆錢，妳知道多少嗎？至少兩百萬！不要利息的。妳給我那萬把塊錢算什麼？當真可以買我了？」

李芸兒幾乎是絕處求生般的問他：

「你要多少錢？我們可以一起想辦法，我會盡全力去籌。你，何必用這下三濫的缺德方法？」

「閉嘴！壞了我的事還談什麼？給幾千塊就不得了，事事管到我頭上來。要是真拿妳大筆錢，還有我方武男活的地方？呸呸，別說得那麼好聽了，妳這白腳爪的不祥女人！」

方武男向窗外狠狠的吐了口痰，又罵：

「兩百萬、兩百萬，就這樣泡湯了。可恨啊，妳這女人！」

他用力捶了下椅墊，突然返身對著她刷過去一個耳光：

「不要再纏我了，我和妳根本沒什麼狗屁感情。告訴妳，聽清楚，我對妳根本沒有一絲絲感情！妳滾，一輩子都不要讓我看到。」

李芸兒撫著右頰，定定的看著他，不相信那是三年來她斷斷續續在一起的枕邊人。男人失去了有錢的派頭，開始被金錢所迫時，居然可以完全變成另一個人。

方武男不再理她，恨恨的又彎下身，用頭抵住方向盤，不一會兒，又用自己的頭撞著方向盤，一邊反覆的低叫著：「我完了，我完了！」一邊竟粗聲粗氣的低嚎起來。

他一定是被逼急了，才會出此下策，才會如此不顧情義。芸兒這樣想著，心底浮起一種類似母親的情懷，不覺伸手去撫男人的肩頭。

「不要碰我！」

方武男在她的手觸及他時，像觸電般彈了起來，回過頭對她咆哮：

「妳還不走！把我弄垮了妳還不滿意？妳這……賤貨！」

芸兒張大嘴，她不相信那種話出自他嘴裡！他怎麼可以這樣？

「下去、下去，我不要再看到妳！」

他伸手推開她，滿臉的嫌惡，見她兀自不動，竟踹起腳來踢她。芸兒在劇痛和惶急中打開車門，連滾帶跌的爬出車子。

方武男用力將門拉上，開始發動車子，他根本不看芸兒，車子一動，滑出車位，旋即掉轉車頭，很快的開出停車場，沒入馬路的車列中，轉眼消失。

芸兒一個人呆呆站在漆黑的廣場上。停車場外，街道兩旁靜靜亮著的輝煌燈火，像大度的母親，安閒從容的容納著流轉不息的車水馬龍。

家，在好遠好遠的地方……

第五章

她要公開讓他太太承認，她可以不要任何名分，但最少一個星期也得撥一兩天在她這兒過。

寬大的雙人床上，一條薄被蓋住大半張床，李芸兒露出那張半被濃髮遮住、下巴尖尖的瘦臉，閤著眼，沉靜宛如染有沉痾的病人。

張少華坐在一旁，手上捧著碗稀飯，恨恨的嘀咕：

「妳不吃，餓死了他管妳？沒見過這樣不開竅的人，好處半點沒沾到，還被打得鼻青眼腫，偏偏妳還不死心，還想為他死……拜託，吃一點好不好？快涼掉了。」

她用湯匙挖了一口稀飯，拿近芸兒嘴邊，芸兒頭一偏，嘴巴緊閉不張，少華忍不住就提高聲音：

「他折磨妳，妳就折磨我！我也不管了，只等著替妳收屍就好。」

罵完見李芸兒眼角滲出淚水，又不忍心，拿著飯碗自己坐到客廳去，伏在裁衣檯上不覺放聲大哭起來。哭過一陣，抬起頭，一咬手，撥通電話到方家去。

電話恰是方武男接的，張少華劈口就罵：

「你這不要臉的男人，玩了女人不負責沒關係，拿人家錢還將她打成那個樣子，我希望你不得好死！李芸兒萬一死了，她會去找你索命！」

對方「啪」的掛斷電話，張少華邊罵又邊撥過去，對方電話顯然是掛上了，怎麼打都打不進去。少華無奈，改撥到妙玉店裡去。

接話的人告訴她：

「洪董事長出去十分鐘了。」

聽到妙玉已經出來，少華心裡稍微鎮定一點。兩個人總比她單獨一人好。她可沒那種勇氣守著似乎一心要尋死的芸兒。

門鈴一響，少華三步併做兩步去開門，很快將妙玉迎進廳裡。

妙玉放下皮包，逕自走進臥室，細細看了芸兒一圈，對她說：

「妳想殉情呢，還是想一死來懲罰方武男？」妙玉拉過椅子，說：「殉情顯然沒有對象嘛，對方好像不和妳談感情了。如果說用死來報仇，最多換得報紙報導一番，這種小事，大概只值得排個一段幾行，塞在報屁股上。揭了瘡疤，妳死不安寧；他可是一點損傷也沒有，要騙其他女孩子還更方便，少了妳礙手礙腳。良心嗎？妳難道相信他還有良心不安的時候？依我看，妳還是好好活下來，不管要不要和他混，都得做個獨立的女性，別成天都是眼淚鼻涕的，把女孩子的所有可愛都搞掉了。」

芸兒不作聲，緊閉著雙眼，腮上盡是淚水。

妙玉又說：

「死是簡單，一口氣不在，不就結了？只是妳這一死，親痛仇快，妳那老母親，跟她告別了沒？」

芸兒一聽，眼淚更如雨下，慢慢竟至抽泣起來。

妙玉不言不語，任她哭去，半天，見哭聲漸歇，才從少華手裡接過稀飯，說：

「起來把它吃了罷。吃完我還有話跟妳說。」

妙玉連催兩次，伸手去扶芸兒，芸兒不推不拒，倒是乖乖的乘著她的力坐起來，撩開頭髮，接過飯碗，有一口沒一口的吃了起來。

看看一碗稀飯吃完，妙玉將空碗接過，順手放在床几上。芸兒也不躺下，斜靠在床背上，顯然要和妙玉談話的樣子。

妙玉微傾著上身，對她說：

「芸兒，方武男對妳怎樣，到底局外人不甚清楚。前因後果，前塵遠景，妳自己想個透徹。往後，到底還能不能來往？如果來往，妳千萬要看得破，別要求太多，因為他給不起，妳自己徒惹傷心。要是不來往的話，當然另當別論。」

妙玉停下來看她的表情，見她不言語，故意又追問了一句：

「到底還來不來往？」

芸兒不說話，只拿著腫泡眼看妙玉襟前繡的一朵花。

妙玉因說：

「妳不說，我也明白。好，我把話說白了吧。芸兒，和方武男的感情，將妳弄得像軟體動物似的，整日慌慌亂亂、緊張兮兮，一點美感也表現不出來。爾後，妳一定要先求獨立，才有魅力，有魅力，才能不斷吸引男人。妳懂嗎？」

芸兒抬眼看她一眼，嘴角牽動了一下。

「現在方武男生意失敗，亟需要錢，以最下策來說，如果妳先能求經濟獨立，偶爾濟助濟助他，不愁他不來找妳。不過，」妙玉頓一下，加重語氣：「只靠金錢維繫的男女關係，實在不值得費心維護。不知妳明白我的意思嗎？我是衷心希望妳能做個獨立快樂的單身女郎，有自己的生活天地，能自得其樂，情緒不受男人影響，這才是最重要的。剛才只不過是舉例而已，其實用錢綁住男人，最不足取，也最不保險。」

芸兒依舊不說話，低眉低眼的。

「獨立可不簡單，最少妳要禁得起寂寞，甚至要享受它，這需要毅力和慧根，達到那種境界必須付出代價。事實上，人生許多事，哪一件不須付出代價？別再由著自己軟趴趴的過活了，妳和少華都出去做事吧，不要像小老太婆一樣窩在這裡搞成衣，妳們火候不夠，搞不出什麼名堂，平白把青春蹧蹋掉了。」

少華在一旁說：

「我早就想再出去做事，就是不放心芸兒。」

「有什麼不放心的，她又不是小孩。」妙玉偷偷對少華擠了下眼睛，說：「如今，誰還能靠誰？每個人都要學習照顧自己才行。」

「妙玉！」芸兒突然啞著聲音開了口，又清清喉嚨說：「你們家樓下店面，不是租期到了，要另租？」

「幹麼？」

「我想租下來，開個西餐冷飲店。」

「妳自己一個人？不搞本行了？」

芸兒搖頭，又看少華，遲疑的說：

「不知少華願不願再和我合夥？開店可以多認識人。」

「我不再自己創業了，不是做生意的料。而且搞餐飲我外行，又拋頭露面的。」

芸兒轉向妙玉。

「妳還能再分點心搞餐飲嗎？」

「我沒興趣。搞成衣已夠忙了，而且我最近還準備和人合夥做休閒服，談攏的話，可有得忙了。老實說，我也不想讓工作超過飽和，總得留點時間享受生活吧？」

芸兒沉思了一下，說：

「其實，小餐飲，十幾張桌面，我一個人負責外場，也搞得來。」

妙玉說：

「只要有心，哪件事做不成？不過，既是外行的事，剛開始做，找個合夥人，凡事好商量，有照應。這樣好了，妳自己可先構想，我另外幫妳留意，看看是否有合適的合夥人。」

妙玉看看錶，站起身子，說：

「我要回店裡了。」拉拉窄裙，又向著芸兒：「我們都是快三十的人了，凡事妳也該有個打算，最少也得學會照顧自己，別老為不值得的人和事尋死覓活的，搞得驚天動地、勞師動眾。——少華也休息吧，這些天把妳給累壞了。」

「妙玉——」

妙玉回頭，就勢倚在臥室門框上，看著芸兒。

「妳幫我打個電話。」

「男主角？」妙玉挑著眉問。

芸兒不答，只問：

「好不好？」

「沒什麼不好。只是，要幹麼？叫他來？」

芸兒點頭。

「打電話可以，不過拿起話筒我就有氣。」

芸兒拿眼看她，不言不語，一臉的祈求。

妙玉走到客廳，拿起電話問少華：

「幾號？」

電話撥通，妙玉從容不迫的問道：

「方先生在嗎？我這裡是長青紡織。」

隔了會，只聽她說：

「方武男方先生嗎？我是××報跑法院的記者，姓陳。有件事想請教你一下，李芸兒跟你什麼關係？她現在自殺獲救，說出了你們的事，我想查證一下再上報……嗯，是有點報導價值……她現在回到她住處……我有個密友正好是她的好朋友……李芸兒如果反對，我們當然尊重她的立場，不過……什麼？你要和她說話？你沒搞錯吧？她躺在床上，剛搶救回來，怎能起床？何況你算老幾？我告訴你，方先生，做人但憑一點良心，李芸兒人財兩失鬧自殺，你是罪魁禍首，連面也不露一個，殺人不眨眼，未免太過分了。大家是得饒人處且饒人，就看你的表現了。」

妙玉掛了電話直笑。少華問她：

「這樣騙他，有效嗎？」

「草包一個！別看他那抖樣子，唬得住芸兒，可唬不了別人。機遇好，讓他搭便車賺了點錢，其實肚子裡沒什麼貨，連常識都很匱乏。這種男人，自私怕死，即使是敷衍，也會來一趟的。」她朝臥室大聲喊：「我走啦。妳等著吧，那方武男不是今天，就是明天來。不過，別再指望他了，自己想辦法好好的、快樂的活下去。」

不到兩個鐘頭，方武男提了一袋水果，臉色沉鬱的去按李芸兒的門鈴。張少華去應門，一見是他，反身就進自己臥室。方武男也不理她，逕自進了李芸兒房間。

李芸兒側躺著，臉面向外，早知是他，垂了眼，淚水便汩汩流了一臉。

男人拉過椅子坐到床前，停半晌，伸手撩開她頭髮，用自己手帕去拭她的淚，說：

「妳明知我心情不好，和我吵什麼？平時，我不是待妳很好？妳自己也該反省反省，老是吵吵吵，哪個男人受得了？而且也犯不著對什麼記者說嘛，我們兩人都上報，對妳又有什麼好處？」

李芸兒聽他的好言好語，滿肚子委屈一下子發洩出來，哭得更不可收拾。

男人俯下身，將她往床內側半抱半推，然後自己側身擠上床，雙手一環，就將她抱在懷裡；騰出手，撫她的臉、髮，又輕輕抬起她的下巴。就在兩手忙個不停的當兒，他將左腳尖頂著右腳跟，扯脫一隻鞋，再將左腳跟就著床沿一擦，把另一隻鞋也脫了，整個人鑽進被子裡去。

完事之後，李芸兒靜靜躺在他懷裡，一切又回復到往日他偷空來找她尋歡時的狀況，急急忙忙的，好夢短暫，短暫得連調情也省去，連上衣也不脫，只忙著去脫下身，好像專程就是為做這件事似的。

她不要再過這種日子！她要公開讓他太太承認，她可以不做正牌方太太，不要任何名分，但，最少一個星期也得撥一兩天在她這兒過，她要過一過那種可以安安穩穩、同床共枕一夜到天明的日子。

「喂，把我們的事跟你太太說了吧。我不爭什麼，只要一個禮拜讓你在這兒過一兩個晚上就好。」

「那怎麼行？妳不知道她的脾氣，會鬧得不可開交的。而且我生意失敗又搞出一個情婦，哪個親友肯幫忙？」

「我準備出去開店，也可以掙錢幫你還債，你這樣告訴她，她會諒解的。」

「不行，她占有慾很強，絕對行不通。而且開店的事，八字都沒一撇，遠水救不了近火，現在說未免太早。」

「如果，」芸兒用指頭劃著他的胸膛：「我自己有辦法讓她接受的話，你不反對吧？」

「別開玩笑，妳不了解她，沒那麼簡單的。」他看著她，鄭重警告：「妳別胡來，聽到沒有。」

方武男前腳剛剛離開，張少華後腳便進了芸兒臥室，遠遠的站在壁燈下，睨著芸兒說：

「怎樣，病全好了吧？小姐。真是靈丹妙藥！妳無恙，我可要出去了。」

芸兒不好答理，只有衝著她訕訕的笑。

少華出去後，芸兒也從床上坐起。套上浴帽，坐到鏡前，細細端詳著自己。幾天折騰，的確憔悴許多；青春痘癒後，仍舊在臉上留下痕跡，像罩上一層黑斑，使整張臉平白黑了好幾分。

她拿來冷霜，用手指挖了一撮，塗在臉上，開始按摩，眼角與眼下，無論如何不能讓皺紋爬上，最少，她要表現一種煥然的神采，她要掌握這唯一勝過他太太的王牌。

按摩過後，她小心用化妝紙拭去冷霜，然後洗澡、洗頭，用半個小時去捲髮，仔仔細細以晚霜塗了一臉，又在眼睛四周上了一層眼霜，這才上床去。連著趕工熬夜，又受了那麼大的刺激，像是被人從高處狠狠摜下一樣，應該是夠累的，偏偏上床後卻越來越清醒，許多該想和不該想的事情亂糟糟一腦子。連著數了幾次羊，每次都數不到五十就給擰亂了。她考慮了很久，終於打開床櫃，從小塑膠袋裡拿出一包藥房配的安眠藥，用開水吞下去。

她到第二天上午過九點才醒來，張少華不知去哪裡，連紙條也沒留一張。熱水瓶裡的水是昨天的，少華沒換，可想而知走得匆忙，也許去找事了吧？成衣製作的事，沒想到會這麼早拆夥，是她誤了少華，她一再的讓少華失望，起因全為了方武男。一樁不被祝福的孽緣，到頭來，是否連各自的友誼也會失去？

她將熱滾的開水沖到磁杯裡，為了振作精神，特別在牛奶裡加了半匙咖啡，然後就著剩下來的吐司，草草吃了早餐。

接下來，足足花了二十分鐘弄她的頭髮；下捲子，吹風，好不容易才弄妥，為了怕美容院做髮太僵硬呆板，花這些時間是值得的。

今天的化妝，特別為搭配那件紫色國民領真絲洋裝而採紫色調。近距離的短兵相接不能濃妝，否則只有平白暴露自己皮膚的缺陷。因此，她把重點放在眉、眼的強調上，她幾乎是一根根畫好那兩道眉毛的。

十點半抵達方家，也是她家的巷子，許久沒回來，說不上近鄉情怯，但卻惶惶然，全身股慄似的難過。把練了千百遍要說的話，重新再溫習一遍，人已到了十五號門口。

她伸手按門鈴，門鈴響的聲音居然嚇了自己一跳。

應門的是方武男的母親。李芸兒有禮的問她：

「方太太在嗎？」

「在、在。」老太太熱情的將門大開：「進來坐。」

一邊大聲向裡喊：

「秋子，有人找妳。」

和家裡相似的格局，不同的是，客廳多擺了兩張辦公桌，顯得狹隘一點。

李芸兒換上拖鞋，一抬頭，正巧方太太——秋子從裡屋出來。乍照面的那一霎，兩個女人都嚇了一跳。芸兒饒是有備而來，但乍見到對方那憔悴、蒼老和疲倦綜合起來的一張臉，竟完全缺乏印象裡那份潑悍和趕盡殺絕。而秋子，則完全在沒有防備的心情下，目睹丈夫的女人，在羞赧中帶著莊嚴的堅決，出現在自家的客廳裡。

匆促中，李芸兒僅記起臺詞的一半，倉惶對婦人說：

「方太太，我姓李，我想妳知道。」

婦人很快恢復鎮靜，她一面客氣的延座，一面說：

「啊，不是十一號李家的小姐？」

芸兒併著腿坐在暗紅色的沙發上，秋子忖度一下，選擇對面的椅子坐下。四目交接，芸兒才覺得婦人身量的高大，壓著人喘不過來。

「上次李小姐的母親來過一次，說是我們方先生占了妳便宜。我是個明理的人，如果有這種事，哪能教人家未出嫁的小姐吃虧？但是方先生否認，只說認識而已，怎會扯出那種事？可能是誤會或……」

「不是誤會。」李芸兒困難的打斷秋子的話。這和她原先預計的局面不一樣，因此，她顯得有點混亂。可是，心中有股力量，一直吶喊叫她鎮定，錯過今天，也許她就永遠只能沉淪下去了。

「方太太，」她向前挪了下身子，誠懇的對婦人說：「我知道這件事很對不起妳，而且也很難讓妳接受，但是，事情到了這種地步，不說也不行。我希望妳能站在女人的立場，接納我。」

她望著秋子，看到對方眼中閃過驚悸之色。這個發現使她鎮定不少。最少，對方也會害怕，也有脆弱的地方，也是女人，那麼，她成功的希望就大一些。

「我和方先生的事，已經快四年了。他常去我住的地方，我們，我們就像夫妻一樣……」李芸兒不自覺低下頭去，對一個人，尤其對情人的妻子做這種表白，的確比想像中困難多了：「一開始，我並不是故意這樣，我那時畢業不久，沒有經驗，方先生是我的第一個男朋友……一開始，只是方先生載我上下班，我完全沒有想到會和他這樣……我也是，也是好人家的女兒，我不想破壞人家的家庭，可是，我也不能永遠這樣……」

這原是方武男要說的話，卻由我李芸兒自己厚顏的表白！說不下去了，不正常的關係中，即使是理該美麗的事，拿到嘴上說，也變得齷齪不堪。

「妳想怎麼樣？」婦人一動也不動，謹慎的問她。

芸兒迅速抬頭望她一眼，在淚光中，恍然見她臉上似有一種可以商量的神色。芸兒馬上接口：

「我求妳能夠諒解，方太太，我絕不會破壞你們的家庭，我也不要求任何名分或什麼，我什麼都不要求……」

「妳到底要怎樣？」

秋子突然大聲打斷芸兒的話，芸兒嚇了一跳，看見秋子鐵青著臉望著她。她張著嘴，竟然說不下去。

「李小姐，我問妳到底打算怎麼樣？」

「我……我只求妳承認我，讓方武、方先生，一個禮拜能到我那裡去……一兩天就可以，不會影響你們……」

芸兒困難的把話說完，然後用手絹拭拭眼角，眨巴著雙眼看住秋子。

秋子像石膏一樣的端坐著，沒有任何表情，幾乎像不曾聽到芸兒說的話一樣。兩人就那樣僵坐著，老半天，她突然站起身子，走進裡面。

芸兒緊張的目送她的背影離去，不知她要幹什麼。她原可以罵芸兒，甚至將之趕出去，但她沒有，似乎她也被芸兒單刀直入的造訪嚇呆了，一時想不出應對之策。

芸兒豎著耳朵，隱隱約約聽到秋子低低的說話聲，約莫過了半世紀之久，才聽到雜雜沓沓好幾個足音走出來，芸兒不覺全身警戒起來。

秋子在前，後面跟著一個人。她太高了，遮住了後者，等見到是方武男，芸兒整個血液都凍僵似的，凝住了。大白天裡，他怎會在？

方武男用狠毒的眼光瞪著她，似乎要把她就這樣用眼睛埋掉。芸兒避開他的眼光，挺直腰桿，擺出迎戰的姿態，反正終究是要來的，讓我們面對吧。

秋子坐回原來的位置，指著方武男，笑對芸兒：

「李小姐，這是我先生，料妳見過。」

芸兒不知她擺下什麼譜，不肯說話，等她下文。

「我請他出來的原因是，凡事莫如當面說清楚，兩相對照，有沒有一切假不了。光聽一個人紅口白舌的，怎做得了準？」秋子轉向她丈夫，笑容可掬的問：

「武男，這位李小姐，說和你認識已快四年，你們好得有如夫妻……」

芸兒偷偷覷著方武男，後者青著臉，如不動天尊般正視著前面，誰也不看。

秋子又轉向芸兒，說：

「李小姐，我這人最明理，如果我先生確和妳有那種事，莫說去妳那裡住，我會勸他把妳帶進來，一家人住著好照應。但是，如果他不承認，妳可不能亂加罪名要脅一個大男人，我這做太太的，要請妳檢點自愛，不要亂纏，否則不但影響我們夫妻感情，對妳一個未出嫁的小姐也不太好。」

芸兒臉上青一陣白一陣，任她說著。只見男人依然一臉漠然，動也不動。

「武男，這李小姐，你可認得？」

「廢話，不是十一號的？」男人暴怒而不耐煩的應著他妻子。

「不知道你可曾和人家怎樣？一個未出嫁的小姐，說你和她像夫妻一樣，這話哪能逢人亂說？你倒說說看，到底有這事沒有？」

方武男不說話，兩個女人一齊盯住他。他突然站起來，憤怒的說：

「現在是什麼時候？把我叫出來問這種事？我，正事都不要做了。」

說著就要轉身進去，秋子一把將他拉住，將他按入沙發裡。

「有沒有，到底說清楚。如果有，我這老太婆馬上退隱，讓你們好好廝守，省得礙眼。如果沒有，你就明說，好讓李小姐死了心——你說呀！」

「說什麼？說！」男人十指插進頭髮裡，懊惱的問他老婆。

「我怎知你要說什麼？有沒有和她睡過，你自己心裡明白。」

「哎呀，這種話——」

「有沒有不過兩個字！放心，有的話，我馬上退隱，讓你們遂心遂意，眼不見心為淨……」

「妳又鬧什麼毛病，事情還不明白就打算要怎樣？」

「我又能怎樣？十七歲跟你，二十多年來可以說由死裡做過來，什麼苦沒吃過？現在，生意做垮，我可曾抱怨，照樣日夜兼差，幹那任人差遣的旅社服務生。苦，我不怕，只是這樣辛苦撐持起來的家，你能放手破壞，我又何必在乎？大家豁出去，左右不過一個死！」

「不要亂說了，好不好？」

「那你自己說呀，左右總得選條路走。」

「哎呀。」男人唉聲嘆氣的拖延。

「到底，有沒有？」秋子緊逼向前，「你不說，是逼我走——」

「沒有啦。」

李芸兒不敢置信的瞪著方武男。

「沒有？你總和她做過什麼事？否則人家怎麼尋上門？你說呀。」

「哎呀，只一起看過電影嘛，根本沒怎樣。」

「真的只看過電影？」

「哎呀，我說是，妳還聽不懂？——我不想再談了。」

秋子得意的回頭對李芸兒：

「方先生說的，不會假吧？」

李芸兒被秋子一問，如夢初醒，對著方武男重複低問：

「方武男，你怎能這樣？你怎能這樣？」

方武男不做聲，一味用十指插著亂髮，根本不看她。

「李小姐，這樣妳該死心了吧？這件事到此也該告一段落了。我們很忙，妳請回吧。」

芸兒不知是怎樣走出方家的。她叫了部車開到以前常和方武男去的賓館。要了一個房間，一進門便把身子摔到床上，開始是嚎啕大哭，後來哭聲漸歇，變成抽泣；再後來，淚乾了，便乾瞪著天花板。

她從皮包裡拿出一小袋藥，攤開來，還有四小包，每包五顆，共是二十顆。她數了一遍，再數一遍；把紅的放左邊，白的放右邊，重新再數……

他怎能這樣待她？他居然能當著她的面說謊，說得那麼輕易、那樣不負責、那樣絕情！她不如他妻子，未必真的那麼輕如鴻毛；他真認定她不會怎樣？她怎能讓他這樣！

芸兒伸手倒了杯水，握著玻璃杯的手微微發抖。她用眼睛把藥又數了一遍，吞下去，又怎樣？

然而，這樣不明不白的死了，當真就懲罰得到他？伯仁為他而死，又干他何事？在妻子和情人面前，都大剌剌說得出假話的人，誰拿他有辦法？然而，最起碼，也要讓他不得安寧。

至於死後的世界是怎樣的？她無法想像。只想著年老而壞了眼的母親，在亂草荒煙中老淚縱橫的杖她的棺。她只活了二十八歲，人世間的千品百味全只淺酌，就是深飲了一杯不該喝的苦酒，就這樣逼上絕路。而他，卻還坐擁妻兒，若再有錢，還能更擁美女。天啊，這一切，豈有公道可言?!

他的妻，也許未必就相信他的假話，但，謊言沒有拆穿，大家還撐著一張臉皮，凡事仍有收拾的餘地，她何必就去拆穿他?說來，秋子倒也是一號厲害人物。但是，像這樣打脫牙和血吞的擔當，對一個女人又談何容易?明知丈夫有外遇，還得一臉賢慧的當做沒那回事，即使是她李芸兒，也做不到這樣。想來，占了便宜猶賣乖的，大概就只有方武男一個人了。然而，面對太太，他到底還存著不傷她心的情意，拚了讓芸兒進退失據的尷尬，保存著太太拼湊的自尊，對他妻子而言，這也算是「愛」吧?那麼，李芸兒，妳算什麼呢?

芸兒放下玻璃杯，翻身從床上坐起，打開茶几抽屜，拿出旅館的信箋，就著茶几，提筆寫下妙玉和少華的名字，才點上冒號，眼淚便噗的落在信箋上。

她用手拭去紙上的淚痕，開始從頭敘起，一字一淚。最後，寫到自己的母親，她說：

「與其這樣不名譽的玷辱母親養育的恩德，何如一死來洗清自己的不潔。母親是相信死後有知的，請早晚一炷香，渡我超越枉死，尋那方武男一問是非。」

然後，她拿起一顆紅色的藥丸，和水吞進去；再拿起第二顆、第三顆……直到二十顆全數吞下。她又從皮包中拿出化妝紙和粉盒，重新勻妝，像要赴宴般仔細。

還有多少未了的事呢？

她打電話到北投方家去，接話的是方武男的母親，她叫他聽電話。

「方武男，你竟然這樣對我，我，我不會放過你，我已經準備好了……」

「喂喂，妳在哪裡？妳怎麼了？喂——」

「你不用管，你放心，你也……不會好過太久……」

「喂，妳究竟在哪裡？我去看妳，喂，告訴我，妳在哪裡？」

「來不及了，我已經吃了藥。」

「妳在哪裡？芸兒，快告訴我！」

「我在……我在那家賓館……你不用來，來也沒用……」

方武男很快掛斷電話，芸兒怔半天，才又疲乏的撥了電話到妙玉店裡去？

「妙玉，我是芸兒，我吃了藥……妳和少華來一趟，我有一封信給妳們……

妳快來，否則，會被方武男拿去。」

「芸兒，」妙玉鎮定的問她：「告訴我，妳現在在哪裡？」

芸兒說了街道和旅館名稱，隨即掛上電話。然後又撥住處的號碼，只撥一半，覺得好累好暈，順著床躺下去，迷迷糊糊中，彷彿聽到有人敲門、叫喊，聲音好遠、好遠……

醒來時，她只覺全身不對勁，特別是喉嚨更疼痛萬分，她掙扎著，只聽有人說：

「不要亂動，芸兒，妳身上有管子。」

睜開眼，眼前的影像逐漸清楚，妙玉站在腳前，少華和那方武男分站兩側。只一會兒，她便想起千百種事，把頭一偏，不看方武男，痛、悔、恨，催著兩行淚像趕集似的奔瀉而下……

只聽妙玉說：

「這下可好，若這樣死去，不太不值得？放著人家新人舊人的應酬，白白賠上一條小命。」

「若我是妳，拿把刀把他給捅了，省得在這裡貓哭耗子。」少華咬牙切齒的接口。芸兒縱然不看，也知道那方武男定是臉上青一陣白一陣的。比起她受的種種，這又算什麼？但是，在痛楚中，畢竟還讓她有幾分快意。

「那封遺書在我手上，看是否要找報社的小張報導一下，也教那人別以為世界上沒人治得了他。」妙玉又不疾不徐的衝著方武男刀削劍砍，她就有那本事，教被罵的人惴惴然而不知所措：「說來也是在外頭闖的男人，做事怎麼像烏龜似的，占了便宜還撇清，他當真以為自己是履地無痕，神不知鬼不覺的？」

芸兒在既痛又乏中，聽著好友們輪番幫她數落方武男。到底也有稱心快意的這一刻，即使是付出如此可怕的代價，似乎也是值得的。但是，這種種之後，又為自己扳回多少？自己可能擁有半壁或僻處一隅的江山嗎？

想到這裡，她不覺緩緩回過頭，看著站在一隅侷促不安的方武男，不無恨意的問：

「沒有死，太令你失望了？」

「妳說什麼？」方武男急急辯白：「我急死了，差點瘋掉！妳，妳怎麼做出這種事？」

芸兒疲倦的看他一眼，在那種情形下，她又能做什麼？

張少華撇撇嘴，在一旁冷冷的說：

「不是你叫她去死的？」

方武男故意聽若未聞，只俯著身對芸兒輕憐蜜愛：

「別說話，先把身體養好再說。」

急診室裡，一張推床挨著一張，氧氣筒亦步亦趨的跟著；看護的家屬擠著另一些看護的家屬……。張眼看來，竟是一個這樣悲慘的世界。

置身在這無情天地之間，能有一個心繫的男人緊挨身旁，看著自己掛著點滴，一分一秒慢慢的流著，芸兒攬著幾分安慰，不知不覺就沉沉睡去了。

第六章

新客中有個姓莫的，看人的眼光中讓她覺得有點別的，跳呀跳的，直跳到她心坎裡去。

店口上掛起小巧的圓形壓克力招牌，順著招牌邊緣，圓圓閃著一圈小燈，照得「蜜蜜屋」三個字，在三、五步就一家的小餐廳行列中，顯得突出而別致。

李芸兒站在吧臺裡燒咖啡，這手看家本領是跟著合夥的丹莉速成學來的，居然也派上用場，游刃有餘。

十二張檯子的店面，只坐了一桌一個客人。這地方是辦公區，生意只做到中午，一過午客人便很寥落，一入晚，更顯得冷清，經常兩三個小時沒一個客人。

開幕將近半年，她們挖空心思招徠生意，貼海報、賣九折餐飲優待券，附送品咖啡的蜜豆，調整更羅曼蒂克的燈光……生意依然沒有起色，一過六點，白日裡熙來攘往、生龍活虎的這一帶，便死寂有如無人城，只有店和店，隔著窄窄的街道彼此眨眼。本來這裡也不作興太晚打烊，但店租不便宜，妙玉雖讓了價，但房子是洪家老爹的，行情如此也少算不了太多，為了多做生意，少付開銷，兩個老闆娘只好咬緊牙，自己苦撐到十一點，讓做餐的歐巴桑和日班的小妹下班去，免得多付晚班的開銷。

穿著一身豔紅的丹莉，正坐在客人對面，殷勤的陪他聊天。已經是兩個孩子的媽了，全身卻散發著教人抗拒不了的風情，加上離婚婦人特有的開放，讓她狠狠的把芸兒給比了下去，到處受客人歡迎。

本來生意好就行，犯不著去計較誰較能招徠客人，芸兒心裡明白，卻老覺得不是滋味，尤其打烊後，經常有醉翁之意的客人，等著伴丹莉回家。儷影雙雙，對照著自己形單影隻的獨守在店裡隔出的一坪半大小的房間裡，翻來覆去的，就是拋不開重重疊疊的影子。白日裡，客人儘管不多，但來來去去，總有教人忙的；否則腦子裡也塞滿怎樣招徠生意的點子，閒不下來。唯有打烊後，一爿店空蕩蕩只剩自己一個人，偶然點一支菸。坐在咖啡座上，縱有千言萬語，又憑誰去說？洗過澡，換上睡衣，把座上的燈全熄了，躲進一坪半大的釘著木板床的房間，白日裡不敢想、不能想、不去想的人和物全竄進腦子裡。拚了青春，也拚了一死的結果，仍是孤枕單衾，活寡婦似的獨守漫漫長夜。偏偏次日丹莉一來，又眉飛色舞的對她談起昨夜種種：不同的對象、不同的際遇、不同的歡樂。可巧的是，兩個各擁破碎經驗的女人，誰看得慣另一個人的幸福？

芸兒兩次三番對妙玉牢騷滿腹，起先還冠冕堂皇的把丹莉行止和店裡生意扯在一起：

「沒見過這樣不知分寸的女人，白天店裡的客人，晚上帶到家裡過夜去，而且還拿來說嘴，一個一個的換，也不怕傳出去影響生意，人家還以為我們是賣肉的。」

「他們對妳說了什麼？還是做了什麼？」

「他們哪敢？我又不是那種女人。」

「那就得了。妳把它當做丹莉的私生活，別去管它吧。」

「可是，會影響生意呀。」

「她那些入幕之賓，以後還來不來店裡？」

「來呀。來，我才擔心。」

「這就奇了，生意上門妳也擔心。那些客人，又沒一個對妳做過非分之想或非分之求，妳的擔心不是想像出來的？而且，像妳們這種生意，客人根本就是衝著某人來的，丹莉要不賣力招徠生意，妳才得擔心。」妙玉平平淡淡就將她的嘴給封住：「芸兒，合夥生意本來難做，我們憑良心說，要沒有丹莉，這個店會開得這麼順利嗎？她從前開過，做餐、飲料、咖啡、叫貨、補貨，樣樣熟絡；若單單是妳一個人，從何摸起？而且，說句不中聽的話，店裡客人，有不少是衝著她來的。我不是偏袒丹莉，也不是說妳不好，而是不夠放得開，老鑽牛角尖。做生意不能耍個性、鬧情緒，妳自己有什麼倒楣事，不能掛在臉上給客人看。誰願意花錢看哭喪臉？」

芸兒被說得渾身不是滋味，偏偏又拿不出什麼有分量的話駁斥妙玉，只有聽她繼續說下去：

「當初找丹莉跟妳合作，我也擔心妳們個性不同，又沒有友誼做基礎，恐怕合夥後會有摩擦。但回頭一想，妳也近三十了，事情應該分得出輕重，開店嘛，掌握大原則就好，那就是只要大家盡心，有生意，其他一切可以一筆帶過。不知道妳覺得怎樣？」

「我當然是這樣，不過，她的行為……」

「她的行為怎樣？芸兒，妳不是嫉妒吧？」

「天！我才不嫉妒！又不是什麼光榮的事。」

「但也並非什麼不光榮的事，對不對？」妙玉吸了口菸，緩緩噴出煙霧，在煙裡霧裡看著芸兒：「她離了婚，和誰都沒有瓜葛，只要不影響第三者，她愛跟誰就跟誰，應該都礙不著誰才對。而且她做起生意，全力以赴，很少在營業時間做私人勾當。反倒是妳，方武男一來，不管店裡客人多少，妳都擱下一切陪他，也不管其他客人有沒有誰招呼……」

「亂講！客人都有丹莉或小妹招呼；而且，方武男也難得來……」

「沒錯，是很難得來。但他怎不晚上來？既不影響生意，又可以陪妳，也省得礙人家眼，來了就像他是老闆似的，對小妹頤指氣使的，也不管人家忙不忙，咖啡要特別濃的，茶要上好的烏龍茶。我問妳，這個店他可出過一分半毛？」

「他吃的東西都開了買單，從我的份上扣除。」

「芸兒，不只這些，有些事還更有礙觀瞻。」妙玉頓了頓，才緩緩的說：「大白天裡，一屋子客人，妳卻和男人躲在小房間裡，一躲就是半小時，出來時偏又披頭散髮，滿眼春情，明眼人誰不清楚？雖說事情是關著房門做的，在這種情形下，其實也等於敞著門、眾目睽睽下做的。妳說這尷不尷尬？」

芸兒的臉紅到耳根，半天才問：

「丹莉說的？」

「不只她說。有時我坐店裡，也撞過幾回。好事的常客，不少人也會好奇的問東問西。實在是，不怎麼好看呢，性這回事，到底是越具私密性越好。」

「妳知道，方武男晚上不能來。」

「我當然知道。四、五年了，還是這種情形，妳不覺得難過，不覺得不值得？何苦妳要一直遷就他，任他予取予求，來去自如？」

芸兒不說話，妙玉因此又說：

「芸兒！所以妳和丹莉彼此都有看不順眼對方的地方，大家總要把眼光放在生意前途上，千萬別淪為意氣之爭，否則還不如拆夥、關門算了。」

芸兒語塞，但到底意氣難平，可就在不知不覺間，漸漸也依著丹莉的作風學起來。首先是露背裝，一件件上身，連內衣也省了，即使天氣再冷，也是毛披風一捲，露出線織的洞洞裡那一身細皮嫩肉，到底是有了那味道的年齡，顧盼流轉，倒也平添了幾分風韻。隨著客人的注意，芸兒遂也歷練出一套應對的從容和慵懶之美，有時在應酬間，客人有意無意的毛手毛腳，竟也惹得她吃吃直笑，那些人受了鼓勵，也就更單刀直入了。

然而，每天周旋在那許多男人間，竟找不到一個可以互屬的人，有妻有子的，到頭來充其量也只是第二個方武男，她哪裡還有那一份青春年華和熱情可以揮霍？三十歲，不上不下的年紀，女人到了這關頭，還能找什麼樣的男人？雖說婚姻不過是一男一女的事，但真要有心碰它，卻又談何容易？

在生意上栽了一個大觔斗的方武男，車子賣掉，房子也抵押了，債務固然用還三成解決掉，但還留著些尾大不掉的事跟在身後折磨。為了債，他躲過一陣子；後來還是芸兒標了兩個一萬、一個五千的會，湊了不下六十萬給他才擺平。如今，有時三、五千，有時兩、三萬，急迫時五、六百也來向她拿過，她可確確實實相信，他再也沒有能力去招惹別的女人了。

但是，每個月兩萬五千的死會錢，三萬塊的店租，還要不時為他周轉東、周轉西，這樣的代價馱在兩肩上，壓得人實在難喘大氣，一月十二張檯面的小店，一個月能賺多少？還不是要她以會養會、焦頭爛額的東挪西借？

債務一多，心眼也就跟著多起來。一爿店再計較、再鑽營，能賺的終究有個限度。開源既然暫時到此為止，她便處處著眼在省幾個錢上。即連為了省下每個月五百塊的全勤獎金，她一會兒挑小姐服務不好，一會兒嫌人家不敬業，時間一到，說走就走……總之，不過尋個理由，剋扣人家獎金罷了。一個幫她做了好多年的小姐，因為年資深薪水高，也被她以「節省人力」給請走了。為了支應方武男的需求，李芸兒如今再也不是從前那渾噩自卑的小女子了。每當她站在吧臺內，小小一件露背裝上，襯的是半截酥胸和香肩，眼兒一瞟，風情裡透著精明，當真不是昔日的苦瓜兒了。

她操的心多，有時又頗堅持，相形之下，丹莉就多一事不如省一事，少在這上頭頭疼。一爿店，苦心經營，竟成了這條街上和附近松江路、南京東路二段上，生意最好的餐飲小館。

電動玩具風行時，原來店裡擺了幾臺純娛樂的：三百六十度、蜘蛛美人、鳳凰、大金鋼；招徠了不少下午的客人。五五對分，一個月下來，一臺也分得不少錢。後來，賭倍的賓果和金撲克一出現，生意好時，扣掉賠給客人的錢，一臺一天還可以賺上七、八百元，李芸兒一不做二不休，把這些已被客人打得純熟、五塊錢可以打上十分鐘的玩具檯全給攆走，只留下熱門的二百六十度，其餘全換上金撲克和吃錢如水的七張撲克檯，一時倒也生意興隆。

如今的方武男，為了錢，猶如喪家犬般惶惶不可終日，再也沒什麼桃色新聞讓她操心了。

沒有別的女人，他的老妻卻還穩如磐石的守在家裡，那份影響力，也仍舊將芸兒和他的關係罩得死死的，一步雷池也擅越不得。她依舊跟他吵，也不過是為了多留少留、來或不來的事。

方武男現在的說辭換成是：

「妳放心，我若事業再搞起來，一定會對妳有所交代。可是，現在，一個生意失敗的男人，怎能娶姨太太，說出去不教人笑死？而且我還要東山再起，誰願意資助一個私生活不好的男人？妳一定要耐心的等，讓他們認識妳的好處，將來水到渠成，承認的事，便變成理所當然了。」

他開始輪流帶他的三個子女到店裡來，為了博取他們的好感，她撇下客人，親自在吧臺裡弄東西招待那三個二十上下的大孩子。「賢慧能幹的李阿姨」，無形中，她竟一步一步向他的妻看齊，為了博取那份令名，能做的，她幾乎都做了。

有一晚，店裡打烊了，她剛盥洗上床，突然接到方武男的電話，聲音很急迫：

「芸兒，妳能不能帶兩萬塊錢出來，我母親摔斷腿，住在許外科醫院，明早要動手術。」

「現在？」

「嗯，他們都回去了，只有我一個人在。」

「我不是說這個。這麼晚了一下子這麼多錢……」

「沒辦法，一定要這麼多，這是保證金，保證金沒繳，醫院不肯開刀。無論如何，妳想個辦法。」

「為什麼不早說？我又不是那麼神通廣大。隨時要錢隨時有。」

芸兒忍不住抱怨，見方武男由著她說，也就算了，口氣一轉，說：

「好吧，你在醫院等我。」

她很快的穿戴好，按了二樓的門鈴。妙玉來應門，站在樓梯口一臉狐疑的望著她，她說了來意，妙玉很不以為然的挑著眉毛：

「現在？兩萬塊？做什麼，救火呀？」

芸兒一時說不出謊話，只有實話實說。妙玉冷冷一笑：

「我說還有誰？妳倒是真賢慧呀，連他家母親的醫藥費也要張羅，儼然是個孝順媳婦，只不知人家知道妳的孝心嗎？拿了錢又領不領情？有沒有把妳當自家人看？這個錢，我不想借。」

「妙玉，拜託一下。就算我跟妳借的，下個月五號，我標少華那個會還妳。」

「我當然知道是妳向我借的，難道方武男敢向我借，我肯借他？」妙玉擰身往樓上走，邊走邊數說：「妳何至於窮得連兩萬也要標會才還得起？妳加的會，每個都標死了，全拿給方家，一個月交那麼多死會錢，就是再開十家店也不夠支應。幫他周轉也就罷了，偏偏上次他老婆退票被關，妳還籌錢去贖她出來。要不是少華跟我說，我還不知妳這麼賢慧呢。真枉妳處處精明，對人人精打細算，逢到方武男，妳就蠢得比任何人都慘。」

芸兒亦步亦趨的跟到樓上客廳，一句也不回答。

「妳這樣挖心剖肝的對方家人，人家不嫌腥羶？我不相信他老婆不知道妳籌錢贖她的事，可是人家就有本事不甩妳，一個晚上也不把丈夫讓給妳，妳再賢慧再犧牲，有什麼用？」

「不是他老婆的關係。他現在找到一個出資人幫他東山再起，他不能讓人家覺得他荒唐，搞個姨太太。否則誰肯幫他？他現在可是從頭再來，一步也疏忽不得。」

「他、他、他！反正全是他的理由，妳等到白頭也枉然。而且，哪有半夜三更才開口借錢的？真太欺負人了！我不借！」

「妙玉，這兩天我先從店裡收入挪來還妳。」

「不行！芸兒，妳別再幹這種事了。上次丹莉就對我說，妳好幾次都把店裡收入拿去用，害得有人來收貨款收不到錢。」

「我都事先對她說了嘛，而且也都有借有還。她何必表面答應，背裡閒話一大堆？」

「妳這人，眼睛只看別人不是，不看看自己？每次借錢又都急如火星，她能不借呀？說真的，合夥生意，這樣做的確不太好。」

芸兒低了頭，又問了一句：

「妙玉？妳到底肯不肯借？」

妙玉停半晌，終於不情不願的說：

「不借妳，妳大概又三更半夜沒命的奔走，我看不過去。不過，我手邊沒那麼多現款，我也不高興開支票給他，妳就拿六千塊去吧。其他的，叫他自己設法，這年頭，做孝子也要憑自己本事去做。」

芸兒知道多說無益，因此拿了六千元，道聲謝，轉身便走。

「妳去哪？」

「去醫院。」

妙玉一聽，在身後放聲就罵：

「這男的可真狠！半夜一點，他不怕妳一個人搭車怎樣？等一下——我叫小張送妳。」

「不要了，我一個人走。」

她下了樓，拉開鐵捲門，走到南京東路叫車子，直開向許外科。方武男正歪在病房椅上打盹，他母親睡在床上。

芸兒用手將方武男推醒，男人張開眼，見是她，忙把食指放在嘴上一比，一面要她噤聲，一面將她拉到病房外。

「別把媽吵醒。她打了止痛針，才睡不久。」

芸兒一言不發，把六千塊遞給他。

「太晚了，沒處拿錢，明天再想辦法。」

方武男接過鈔票，先目測一下，再用右手沾了口水，當著芸兒的面數起來。數完，皺一下眉，塞到褲子的後袋裡，憂心忡忡：

「明天一定要想辦法湊齊，保證金不繳，醫生不動刀。」

從見面到現在，方武男所談，不過一個「錢」字。自妙玉那兒受的氣，一個人半夜三更搭車子的擔心受怕，以及滿心要他表現溫存的期待落空，這下子全兜轉成一腔怨氣。芸兒忍不住就沒好氣的衝他：

「錢、錢、錢！找我就只為一個錢字，我也太不值得了。」

方武男一臉怪罪的看著她：

「每次向妳拿錢，妳就心疼。我難道不會還妳？也不過周轉一下，妳何必這樣糟蹋我。」

「我不是心疼錢，我是心疼自己。開口閉口全是錢，怎不會問我錢怎麼來的，人又怎麼來的？千辛萬苦，所求也不過要人知道，要人體恤而已，那費得了你什麼？」

方武男聽她一說，恍然有悟，忙把口氣一轉：

「妳別生氣，我是急得心亂。」說著，將她肩頭一摟，繼續說軟話：「這麼晚了，真難為妳。將來我一定會補償妳的。」

「將來？多遙遠的事！眼前就不知道怎麼撐。」

「芸兒，妳怎麼這樣沒信心，告訴妳，現在有人支持，資金方面沒問題，我只要負責開發市場就好，這方面正是我的特長；而且最近又拿到英國廠的總代理，我們的希望很快就會實現了。」

「只怕你到時又推三阻四的。」

「唉呀，人心是肉做的，妳跟我這麼久，又這樣對我，我真的會那麼沒良心？」

芸兒疲倦於這個主題的追逐，半天才轉口問他：

「上次你說心痛，結果又怎樣？」

「做了心導管檢查，醫生說最好是開刀。現在哪有錢、有閒去開刀？」

「拖著也不行。」

「只要妳別再跟我鬧，自然就沒事。」

「又是我？怎不說你家那個？動不動就鬧自殺，偏偏都揀大家在的時候吃藥，份量又不肯多吃，怎死得了？」

方武男低著頭，好半天才說：

「她也夠苦了，十七歲跟我，二十五年來，過不了兩年好日子，她也沒多少怨言，自己悶著頭，上下兩班輪流到兩家旅社做服務生……什麼苦都吃，就是受不了我對她吼……」

芸兒聽他話裡多少恩情，心裡一翻，就要吃味。繼而回心一想，他若還惦念舊情，對她未必沒有好處，何苦在這節骨眼上顯出自己刻薄？因此只問：

「今天晚上——」

方武男很快接口：

「晚上我在這裡照顧我母親。」

一抬眼看到芸兒臉色不豫，又忙忙的解釋：

「她摔斷腿，走不得，又上了年紀，晚上要什麼，怎能留她一個人？」

芸兒深深點頭：秋子豈是省油的燈？她算準方武男不至置老母於不顧，才敢將他一人放單。人家千算萬算，計計得逞，她李芸兒還忙去計較什麼？

李芸兒自覺沒趣，也不多留，往外就走。方武男送到大門口，為她叫了車，目送她上車離去。

車子在人車俱稀的街道疾行。芸兒望著窗外，只見街燈下罩著一層薄暈。明天，該是個好天氣吧。

多年來，見過方武男的那個晚上，照例要輾轉一夜。雖已習慣了相處的模式，卻仍無法保護自己免被細細碎碎的事實或感覺傷到。一顆心，任是怎麼往寬處去想，總有不平之處；意要抽身，又是這裡牽扯那裡廝纏的，教人不能俐俐落落走得遠遠的。幾年來，總巴望著方武男的每一項諾言實現，一個時期等過一個時期，不知不覺就等過六年。關係一久，牽掛就多，想到自己付出的一切，就更不能甘甘心心，瀟瀟灑灑的走掉。或許，也是因缺少另一個男人的力量，足以牽引自己走出泥淖吧。

少華結婚的時候，她破例抛頭露面，去當伴娘。一方面也覺得既跟了方武男，要圖天長地久，終究躲不過別人，因此，是半存著要去公布這種關係的心態去的。散席時，孫老師將她留下：

「妳一直跟那人扯不清，誰敢找妳？這種事不能存著騎驢找馬的心態，妳一定得先和那人斷得清清楚楚，忍耐一時的寂寞，才會有新的機會。芸兒，三十了呀，這樣拖著，將來年紀大了，名分沒妳的、夫妻相守也沒妳的、兒女承歡更沒妳的，妳到底怎麼辦？」

忘記自己是怎麼回答的。回來時，在店裡的小木床上哭了一夜。下決心要了斷。不接他打來的電話，一通、兩通，一日、兩日，到第四日他人來時，她羞愧的發覺自己的心竟一片狂喜。而幾日來一直啃咬著自己不放的所謂決心，逼著她繃著臉，端了咖啡，和他坐到靠窗的座位上去，垂著眼皮，心中充塞那股要生離的淒豔和羅曼蒂克，竟至使聲音輕輕顫抖：

「我們不能再這樣繼續下去了。這幾天我一直在想這個問題……真的，必須到此為止，明天開始，你不要再來找我。」

眼眶裡浮漂的淚珠，在男人的手橫過桌面，蓋上她的時，逗留在眶緣上滾了滾，終於還是流了下來，好像把那片面的、薄冰似的決心也給融化了。

這樣的決心下過幾次，維持最久的是一個多月，那次她幾乎是恩斷義絕的橫了心。原來，新客中有個姓莫的，看人的眼光中讓她覺得有點別的，跳呀跳的，直跳到她心坎裡去。三十多的女人了，已很少有臉紅心跳的時候，那姓莫的眼光讓她平空退了好幾歲。那真是鐵般的決心，連一向對她馬馬虎虎的方武男都慌了，連日不停的來，即使晚上不能陪她過，也拚了命留到他能留的最晚時刻。現在是他找她吵了，他把她櫃子裡的名片，一張張拿出來，逼著她問：

「是這傢伙？還是這個？」

舊日的情意固然也牽動著她的心絃，然而新歡的憧憬卻在她心海裡澎湃。她已不再年輕，必須把握這也許終身不再的機會。

拉鋸似的那個月過去，莫在某日傍晚，照例來店裡，坐他慣坐的位子。芸兒從小妹手裡接過咖啡，親自端到他桌上。他抬起頭，靦腆的朝她一笑，她側身坐到他對面去，循例寒暄：

「莫先生，今天來得早。」

「嗯嗯。」莫挪挪身子，似乎有點不安：「我和朋友有約。」

第六感告訴芸兒，她的準交往對象今天有點異樣。莫顯然沒有交談的意向，芸兒只好知趣的立起身子。說：

「您坐，我忙去。」

莫口中的朋友，原來是個纖秀的女子。不說別的，光「年齡」就夠芸兒高掛免戰牌了。

一場夢，就這樣無聲無息的結束。芸兒像鎩羽殘蝶，又落到她慣常停駐的花叢裡。日子，終於還是只能依舊擺盪著，她是徹底死心的嚥下一大口苦水。

然後，她唯一的希望，又重新回到對方武男的期待和爭取承認的努力上去。然而，畢竟意興是闌珊多了。

去了許外科的第二天，芸兒一早腫泡著兩眼起來，顧不得先開門，便急著打電話給少華，開口借錢。

少華不能例外的又數說她一陣，最後答應中午把錢帶來。有了著落，她才放心到市場去採購今天「特餐」的菜單，回來剛來得及讓掌廚師傅下廚。

接著丹莉便來了，一身的精力和嫵媚。她可真佩服這小婦人，不管夜來如何，每日早來，都能神采飛揚的帶來一屋子的香馥。妙玉常誇丹莉是個真正獨立的女子，不像她「經濟獨立」，而人格和生活卻仍是舊社會裡奉男人如天的附生女蘿。

近十二點，少華抱著她十三個月大的女兒來了，一進門，芸兒便迎上前，將小傢伙攬到懷裡，顧不得孩子掙扎，邊親邊嚷：

「叫乾媽，叫乾媽！」

觸著孩子香香軟軟的肌膚，忍不住就教人有股滿足的狂喜，少華望著她，半是憐惜半帶玩笑的說：

「妳比我更該生小孩。」

少華如今富態了，每逢人笑她往橫裡長，她就笑得篤篤定定：

「每天不是丈夫，就是孩子，不動腦筋，當然只有拚命長肉。」

有個男人遮風擋雨未始不好，但是，難道人生就只是日常三餐這般的缺乏想像力？偶然燈下回心一想，這樣過固然有點不甘心，然而，卻是道道地地的一夫一妻，落落實實的一家一業。

這幾年，藉口店忙，回去少了。母親兩眼已完全看不見，對她和方武男的事，從慘痛激憤到哀嘆無奈，最後，終至默然的接受。上回父親忌日回去時，母親突然拉住她，睜著那雙瞎了的兩眼，悄聲問道：

「阿芸，妳也學人家在避什麼孕嗎？」

還沒等她想好答辭，母親又說：

「妳不要傻了，現在不生一個，妳將來靠誰？再過兩年，就生不出來了。」

那一霎，她止不住淚流滿面，她哭年邁的母親，是如何從乍知女兒不正常情愛後的痛不欲生，轉變到如今的包容和一心只計較女兒的幸福而已。這漫長的心路歷程，一步一步走來，究竟讓老母親流了多少淚，以至雙眼盡瞎？斷過多少腸，以至心如死灰？

誰曾像她這樣不孝？為了爭逐一己的私慾，為了自己眼中看到的情愛，拋家棄母、獨自漂泊。她的淚，有時而流；母親的淚，卻豈有乾涸的時候？為什麼，她直到人過三十才了解？直到一身罪孽才知覺？

午夜夢迴，抓著孤枕單被，她怎能不恨？

恨、吵、怨、鬧、離離合合，日子過久了，她畢竟也累了。儘管有時四處張羅幫方武男籌錢，心裡卻止不住沁出一絲絲恨和不甘；心灰意懶的時候更多，只是沒有勇氣對他，甚至對自己說「不」罷了。

接受一個人，有時竟是一種戒不掉的惡習。

妙玉終究也沒有結婚，她身邊從不缺男人，有的看來挺不錯的，妙玉卻有本事將人家數落得一無是處。有次和她最久的小張，喝醉酒對芸兒發牢騷，指著自己的鼻子恨恨的說：

「她，幾時把我當做男朋友看待？我只不過是滿足她性慾的工具罷了。」

罵歸罵，小張依舊每晚到妙玉住處去，依舊大事小事的幫著妙玉張羅。人，究竟也是一物剋一物吧，有些人，天生就是別人的恆星，讓人由不得己的繞著他轉。

妙玉，很顯然的對婚姻不存幻想，對孩子沒有特別的喜愛。她不相信世上還有能令她折服的男人，所以，她也不費心期待。能這樣簡單的活著倒也不錯。有夢，難免也有破碎的時候。

抱著人家的孩子，芸兒難免忍不住要想，自己和方武男的孩子，究竟會長成什麼樣子？興頭過去，又要勞駕自己提醒自己：報戶口、孩子的身分、教養、心理、經濟環境——，畢竟，秋子仍是名正言順的方家媳婦，也仍是至今還容不了自己呀。

方武男母親出院後不久，正巧芸兒生日那天，他帶著長子和女兒到店裡來。一進門，做父親的便對兒子說：

「去找李阿姨拿銅板，玩大金鋼。」

芸兒拿了十個銅板給大男孩，又另拿十個給女孩，讓她去另一個檯子。打發掉兩個大孩子，這才坐到方武男身邊，瞅著他看了一陣，才幽幽的說：

「忘了吧，今天我生日。」

男人一拍腦袋，說：

「糟糕，忙得忘了。等下去隔壁訂個生日蛋糕，叫孩子們給妳慶生。」

說著，男人堅持去隔壁麵包店訂了個十二吋蛋糕，才又回座。

「今天怎麼出得來？」

「明天要帶兩個大的去看正在受訓的老三，告訴家裡那個，說到士林買明天帶去的東西，一溜就溜到這兒來了。」

讓人惦著，原該是安慰的事，不知怎的，卻教人高興不起來。怎麼輪到她的，全得「偷」？偷偷的聚、偷偷的分杯羹、偷偷的……平日倒也罷了，遇上節慶或什麼的，就特別讓人不能忍受。自己為誰，有家歸不得？而那人卻偏偏是另一個家的一家之主，只有理所當然的聽任自己孤零零一個人，守住每逢假日就格外冷清的店……

「今天能待到幾點？」

方武男面有難色：

「恐怕馬上就得走。」

「明天，你也去？」

方武男點點頭。芸兒一顆心直往下落，生日，不過也罷，早知如此，來做什麼？還不如不知不覺，讓她以為出不來就算了，也省得一顆心，上上下下的摜摔折騰……

情緒一低，忍不住就要掉淚，偏偏這時大男孩又不識相的在那邊喊了過來：

「爸，八點了，再不走就太晚。」

女孩子到底比較懂事，只靜靜坐一旁望著這邊。

方武男滿懷歉意的看著芸兒：

「抱歉，芸兒，過兩天再來看妳。」回頭對兩個孩子喊道：「快祝李阿姨生日快樂。」

「李阿姨生日快樂。」

芸兒勉強一笑，說：

「吃了蛋糕再走。只淋上字，該已好了，我去催。」

「不啦，晚了。妳自己慢慢吃。」

她站在那裡，目送著父子三人急匆匆的推門出去。

這就是，所謂「一個人想起自己的一天」的生日嗎？再大的日子，也抵不過天倫團聚的日子！

丹莉不知何時走過來，輕輕拍了拍她的肩，她咬著下唇直哆嗦，半天不敢開口。

門開處，蛋糕卻在這時捧了進來，只有十二吋，看來卻大得可以將人埋掉。芸兒一張口，「哇」的一聲哭了開來。

第七章

能欣喜的接受別人祝賀，驕傲的挺著肚子
等待生產的婦女，是多麼幸福呵。

淡黃的直背木椅，一張張鋪上紅布罩海棉椅墊；原來光禿禿的桌面，也蓋上一塊紅、藍、紫相間的格子桌布。李芸兒赤腳站在椅上，手裡拿著寫了字的橘紅書面紙，一面往牆上貼，一面依著站在身後的方武男指點，左右上下的挪移著。

丹莉遠遠站在吧臺後，笑對隔著吧臺站著的妙玉說：

「妳瞧瞧，活像他是這裡的老闆。開口閉口都說：我打算如何如何。好像鈔票是他拿出來的，自己也不掂掂重量，碰上那芸兒，又傻得透了頂。」

妙玉撇撇嘴，接口說：

「近來好像來得很勤？」

「那當然，有吃有喝、有錢拿，還兼有女人可以溫存。」丹莉壓低聲音，說：「芸兒最近直喊說要個孩子。」

「沒名沒分，又為他負債累累，憑什麼懷孕？生孩子可不是高興生就生，難道不該為孩子想想？」

「近來這裡的女客，好幾個懷了孕，看了教人羨慕。又兼有人勸她趁早養個孩子，將來有靠，否則那方武男能給她什麼？妳不知道，芸兒心裡可慌得很，雖然嘴上說，方武男賺錢她就好了，心裡倒未必真這麼想。說不定繼續這樣窮下去，還三、五天可以見上男人一面。萬一發了跡，可就難說。」

「妙玉，妳看！」芸兒站在地毯上，眉開眼笑向著這邊招手：「氣氛大不相同了吧？」

妙玉慢慢踱過去，說：

「我看是四不像。店裡擺了七、八臺電動玩具，不少是有金錢輸贏的撲克，玩這些的客人一定吵吵鬧鬧，妳卻又偏偏想賣酒，賣酒講究氣氛，做得起來嗎？而且，酒廊哪能沒有小姐，這個錢妳又捨不得花。」

「做做看嘛，反正賣酒是晚上的事，不衝突。」

「妳也真貪心，一家店，什麼都想包，天下錢怎麼可能都給妳一個人賺盡？這家小店，一個月給妳賺好幾萬，還不夠呀？我不信一個女人能用多少錢，妳怎會缺錢缺那麼厲害？」

芸兒知道妙玉話中有話，故意不答。

丹莉走過來，用眼角瞟著方武男，說：

「方先生，要我是你，就不叫芸兒賣酒，賣酒可是難免要陪客人喝酒呀，你受得了嗎？」

方武男嘿嘿一笑，盯著丹莉的漂亮臉龐說：

「芸兒自己有分寸。何況有妳在，妳行。」

丹莉臉一偏，對芸兒說：

「差不多了，我要走啦。明天重新開幕，大家早點休息。」

她提著皮包，喊了一聲「拜」，便娉娉婷婷的出去。妙玉隨後也上樓去，不多逗留。

兩人一走，方武男便涎著臉湊近芸兒，芸兒笑著將他推開，扭身走進小斗室裡。

芸兒半歪在木板床上，揶揄他：

「你就知道做這個。有時說說話不也很好。」

「我不信妳不想，我是怕妳熬不住。」

「去你的。」

男人脫了衣服就要跨上去，芸兒眼尖，指著他下腹側一小道開刀的痕跡，臉一沉，質問他說：

「那是什麼？」

「上次心臟病住院，動的手術嘛。」

「心臟有毛病，怎會在這兒動刀？」芸兒狐疑的望著他：「而且前幾回我怎沒看到？」

「我怎知道？那是醫生的事。上回出院就有的疤，妳怎會沒看到？」

男人說著，便要動作。李芸兒伸手擋住，聲色俱厲的對他說：

「方武男，你不是動刀結紮吧？你老婆有了兩個兒子，你不讓我生，是不是？」

「嘖嘖，妳想到哪裡去了？」男人一翻身，裸著下身躺在她旁邊：「要避孕的可是妳。現在，妳如果要孩子，我就讓妳懷孕。」

芸兒默默想了一下，說：

「你真的沒騙我？你如果不得我同意，私自去結紮，你看我會不會再理你。

搞清楚，我是絕對認真的。」

「好啦，好啦，我證明給你看。這時候講這些話，真殺風景。」

完事之後，男人匆匆穿上褲子，芸兒平躺著，身上蓋了條毛巾被，半晌開口說：

「如果有了孩子怎麼辦？」

「妳看妳，最近一直吵著要，害我賣力得要命。現在卻又在這兒瞎操心，這樣反反覆覆，誰受得了。」

「生孩子又不是那麼單純的事。想想我們的關係，上次你開刀，我只能在這裡乾著急，連探頭也不敢。你家裡那個，成天守在醫院，我能去嗎？說起來就一肚子嘔，都快八年了，她還不承認，偏偏我的錢她要拿，我送的生日蛋糕，她也吃，就是不承認我這個人，多嘔！孩子生下來，怎麼辦？你敢認養嗎？」

「有了再說。要嘛，就別生。」

「你就只會站在自己的立場講話，為我想過沒有？」

「妳看妳，好好的又要吵！什麼都依妳，妳還要怎樣？」

「什麼都依我，怎會有今天？」芸兒聲音低了下去，眼眶不自覺就紅起來。

「別想那麼多，事到臨頭再想辦法。好不好？」方武男低頭吻她一下，旋即站起來，說：「我該走了，出來大半天，告訴她說到桃園去談生意，也該回去了。」

芸兒坐了起來，問：

「什麼時候你才不用騙，可以大大方方的告訴她說，到我這兒來了？」

方武男不答，開了房門走出去。芸兒望著他的背影喊：

「什麼時候再來？」

「有空就來。」

她聽著鐵門捲起又拉下的聲音，一霎時，全屋子突然靜了下來。這才發現，時間已經很晚了。

改裝後的「蜜蜜屋」，又讓人多擺兩臺撲克，店裡頓時熱鬧起來，從前不怎麼做得起來的下午生意，這時可是天天保持六、七成座，又賣飲料，又抽撲克投下的硬幣，營業額一個月平添好幾萬。芸兒滿眼只見到錢，處心積慮還要加兩臺撲克：

「妳算算，撲克吃錢像吃水似的，又不花我們什麼人力，不用特別照顧，只要兌幣就好，中獎機率都調得好好的，人怎比得上機器？一個月對分下來，一臺可以賺好多，勝似我們一份餐一份餐的賣，三菜一湯，還得附飲料，算算看一客賺不上十塊錢，還累得半死。丹莉……」

「芸兒，我知道妳為方武男缺錢缺得厲害，不、不，不用否認，聽我說完。正統老實的做，生意才長久，妳總不能把這家店搞得像電動玩具店，上次妳撤掉娛樂臺，換上撲克，我不講話。但現在只剩三、四張純桌面，怎麼像咖啡店？近來生意雖大好，氣氛卻差多了，妳注意到沒，從前一些常客，現在都不來了。再下去，我們也不用賣咖啡、飲料，只要擺電動玩具就好，現在九個檯子，不能再擺下去了。」

「那些吃餐的客人，不值得我們爭取，妳算算利潤……」

「這樣的利潤，我已經非常滿意。如果妳堅持己見，我們就拆夥。」

芸兒總算噤口不語，不說她欠丹莉的二十萬，拆夥退股，怕不還得拆給丹莉五十萬上下，若叫她讓股，她可捨不得，好歹總是個生財店面。

晚上的賣酒生意，卻一直沒有起色。芸兒沒酒量，丹莉酒量不錯，卻不肯「犧牲」，她的理由是，犯不著為幾個錢賠上身體。勉強撐了幾個月，也就不了了之。

方武男的生意照舊浮浮沉沉，忙是挺忙，套句他的話，仍在「開發時期」。芸兒的店地點好，聯絡方便，洽談時又用不著他花錢，客人一帶就帶到「蜜蜜屋」，對外說起來還是「他的」店，談生意，這樣的「背景」是雄厚多了。漸漸許多客戶，電話直接打到「蜜蜜屋」找方武男；他自己更有事沒事，一壺烏龍茶，就耗在「蜜蜜屋」半天，儼然他的辦公地點似的。

經常看得到方武男，芸兒有一陣子根本沒理由和他吵。名分嘛，男人沒賺夠錢之前，哪裡去談這個？芸兒聽進了妙玉的話，可是一心一意的想多賺點，還清欠債，再存錢為自己買個房子，都三十好幾了，像現在這樣一天工作十八個小時，還能熬幾年。

近來老覺得累，好幾天鬧鐘響了，又被她順手給按下去，結果都是九點上班的小妹按電鈴吵醒她。總不會是老了吧？從前再累，瞌睡也不打一個；現在每天中午不小睡半個小時，簡直就撐不下去。人見老，難道是一時一刻突然發生的？

這天，買好菜回來，妙玉赫然坐在店裡吃早餐。芸兒挨到她座前，對向而坐，苦著臉說：

「這幾天好累，老覺得睡不夠，而且一直沒胃口，什麼都不想吃，可能是工作太累了，我考慮晚上要早點打烊，反正也賺不了幾個錢。」

「沒見人像妳這樣愛錢的，拚死命的賺，卻沒見妳存什麼錢。」

「我是在實踐妳教的『經濟自主』理論。」

「經濟自主，並不代表生活獨立。」妙玉咬一口吐司，說：「只怕妳現在更離不開方武男了。」

芸兒不答，只拿起刀叉，在妙玉盤裡叉起一塊煎蛋往嘴裡送，還沒吞下去，突然「嘔」的一聲，摀著嘴往後面洗手間跑。

妙玉聽著她在後面驚天動地的嘔。過了會，芸兒白著臉回到座位。妙玉拿著咖啡杯，欲喝不喝，終於問道：

「妳不是懷孕了吧？」

芸兒看她一眼，搖搖頭：

「不知道，慢了二十多天。」

妙玉啜了好幾口咖啡，才說：

「找個時間去檢查看看。人累，又開始嘔吐，只怕是真有了。」

芸兒又嘔了好幾天，直拖到一星期後才去婦產科。在病歷表上配偶欄裡，自自然然填上方武男的名字。

驗完尿，醫生又替她內診，然後職業性的向她道喜：

「恭喜了，方太太，妳的預產期是一月二十七日。」

從醫院回去，芸兒馬上把緊緊的窄裙脫掉，找出沒腰身的露背洋裝換上，喜孜孜就一心等著方武男。

丹莉冷眼看得清清楚楚，逮到客人少時，對芸兒說：

「芸兒，我們大概要加請一個人了。」

芸兒一笑，隨即又愁眉苦臉用手帕摀著嘴。

「我看妳害喜很嚴重，前三個月都這個樣子，第四個月，肚子就挺出來了，那時，更不方便在店裡招呼客人。生產、做月子……這些事拉拉雜雜加起來，我大概有一年時間要獨撐大局。這個事小，問題在妳，小孩生下來，以後怎麼辦？」丹莉考慮一下，終於還是避重就輕的閃掉「私生子」這敏感話題，只說：「給人帶，既心疼又不放心，每月還得花一筆錢，妳現在已經這麼緊了，到時開銷更大。」

「那妳是什麼意思？叫我去拿掉？」芸兒尖著聲音質問。

丹莉見她臉發青，沒趣的回說：

「我哪有權利？我不過站在朋友和合夥人的立場提醒妳罷了。」

芸兒嘆口氣，軟弱的說：

「真矛盾，既想要，又不敢要。妳知道，問題好多，孩子懂事以後更麻煩。」

丹莉剛被搶白，不肯接腔，芸兒追著問：

「丹莉，妳老實告訴我，到底生好還是不生？」

「看妳自己呀。」丹莉無趣的回答。

「我好想要一個孩子，一個屬於自己的孩子。妳不知道，我一直覺得好孤單。」

丹莉看到芸兒眼裡的淚光，不覺拍拍她的手，溫柔的說：「芸兒，有個寧馨兒是很美的事。但是，需要很大的勇氣和犧牲，而勇氣和犧牲，有時也不一定能給孩子幸福。仔細考慮後再決定，嗯？」

如何仔細考慮？再怎樣也突不出這個圈圈。能欣喜的接受別人祝賀，驕傲的挺著肚子等待生產的婦女，是多麼幸福呵。這原是天經地義、最最平常的權利，為什麼她不能呢？

和方武男談起這事，他臉上的表情，盡是含糊。問他主意，更是語焉不詳。逼急了，才溫吞吞的說：

「我是隨妳的意思。」停半天，才又艱難的說：「當然，我們現在比較不方便，很多事都沒準備好。」

「怎樣才算準備好？什麼時候才會準備好？」

芸兒坐在對座問他，涼颼颼一身像泡在冷水裡。老實說，她也不指望他能回答，那樣說，誰不知是閃爍？人生的種種，豈有好整以暇都等著你準備好才發生的？

方武男果然不肯回答，拿著小匙自顧搗著半杯咖啡；芸兒看著他，曾經傷過她千百遍的那種情緒，此刻又熟悉的襲上心坎。皺了眉，把眼前牛奶一飲而盡。杯子還來不及放下，一陣急嘔，又逼得她捧著胃、掩了口，急往後面洗手間衝。俯在洗臉槽裡，把剛下喉的牛奶，全嘔得精光，卻還饒不得人似的，胃裡一陣陣翻騰，又咳又嘔，幾乎要把所有的胃液都嘔盡，嘔到後來，芸兒只剩趴在槽上掉淚的份。

只要店門一天不關，她就得如此忍受生魚、生肉和種種說不出的、難以忍受的油煙味，三兩天就要吃掉五十塊錢酸得教人冒汗的梅子，即使這樣千般設法，有時連報紙的味道，都會教她一口將好不容易才吞下的牛奶又和盤托出；胃裡經常空著，有時冷不防就一陣抽搐，抽得教人只能屈身俯臥，頻頻掉淚。

而必得趁著不痛不嘔的空檔，拿枝筆就著紙頭東算西算，算得焦頭爛額，卻越算越灰心，好像走到一個死胡同裡，完完全全的絕路上去。還不完的爛賬，可怕的孤軍奮鬥。

多少長夜，她躺在全然淒黑的斗室裡，與清醒鬥爭。這會兒，雖然面對著淒清和孤寂，但到底勝似白日裡的強顏歡笑。只是，此時不能睡，明日又如何能在人來人往的店裡，做個歡眉笑眼的老闆娘？餐飲之外，服務和情趣，才是在這一帶競爭激烈的同行裡一決勝負的要件。說起來，生意是難做透了，一客餐九十元，飯菜加咖啡，花樣變來變去，誰又能好到哪裡？「人」，往往就成為生意好壞的關鍵。為了這，芸兒真是大門不邁，二門不出，堅守著小店。

這是完完全全的苦心生意，那裡由得了自己？

算算是門診後的五十多天了，芸兒選了個下午生意清淡的時候去醫院。在候診室裡，滿滿坐著腹部或大或小的孕婦，不少人，由先生陪著聊天，更多人，相互問著彼此有幾個月身孕了？看起來都眉開眼笑的樣子，到底，這叫「有喜」呀。護士叫到芸兒的名字，她捏緊皮包，走進門診室。應診床上還躺著掛前一號的孕婦，正裸著肚皮在測胎音，透過儀器，腹內那小小人兒的心跳聲聽來那樣真切，那樣宏亮，像一聲聲在叫著：「媽媽，媽媽，我在這兒。」

芸兒坐在椅上，兀自在為剛聽到的胎音而驚喜不止。醫生看了她的病歷，抬頭問她：

「怎麼樣，有什麼問題？」

芸兒遲疑著，終於不太確定的說：

「我想動手術。」

醫生停了下，抬頭看她：

「妳是說，要拿掉？」

「嗯。」

「三十三歲，有孩子應該是喜事，再晚就不太好生。我希望妳慎重考慮一下。」

芸兒沉吟著：

「做生意，懷孕不方便。」

「有什麼事比生小孩更重要？」醫生將病歷表一推，說：「夠用就好，有許多事比賺錢更有意義。」

芸兒不知該怎麼答腔，醫生看著她，誠懇的說：

「妳再回去考慮一下，不急著今天決定。過了三十歲，受孕率慢慢降低，多少人想要小孩還要不到，妳再仔細考慮考慮，和先生商量一下。」

芸兒走出醫院大門，只見白花花一大片陽光，照得人睜不開雙眼。

禮拜天，生意照例清淡。晚上打烊，和妙玉對坐在孤燈下喝啤酒。

妙玉酒量好，拿起杯子一飲而盡，說：

「按理講，孕婦不好喝酒，尤其是前三個月。」

芸兒不覺笑她。

「理論！妳又沒生過。」

「那當然，不過，與自己有關的事不可不知：對自己沒好處的，要懂得早點抽身。」

芸兒早已習慣了妙玉點到為止的談話，沒心情接腔。想了半天才說：

「妙玉，這幾天我見紅，不知道是不是胎兒怎樣了？」

「多不多？」

「還好。」

「痛嗎？」

「腰有點痠。」

「大概有問題，恐怕得去看醫生。方武男呢，怎麼說？」

「他這兩個禮拜都忙，明天去高雄臺南，回來還得去趟東部，不知要耗多少天。等他空了才能陪我去醫院。」

「看病也能等的呀？到底是妳的命重要，還是他那不成氣候的生意？」

「也不是什麼大病，非此時此刻去不可。」

「流不流產，還由得了妳，還能等的？妳這女人！」

「做這生意也是，不能光坐著，跑來跑去、高高低低的。前些天，為了加兩張檯子，我爬到倉庫去搬，大概動了胎氣。」

「方武男呢？他會向妳拿錢，店裡的事，妳的事，他怎麼不管？按理粗重工作他該替妳做。不是嗎？」

「他又不在。」

「每次妳需要他時，他都在什麼地方？只有要錢的時候來，如果有一天妳給不出錢了，他來不來？」

「也不盡然像妳說的這樣。」

妙玉橫她一眼，換了口氣：

「明天一定要去看醫生，安胎或拿掉，都要速戰速決。拖太久了，對妳，對胎兒，都沒好處。」

見芸兒低頭不語，妙玉又說：

「我看妳要自己拿主意，不能盡等方武男。這種事，他無論如何不會替妳做主的，怎麼說怎麼錯。」

任由它出了幾天微血，等方武男拎著行李從高雄回來，芸兒便對他說：

「晚上陪我去醫院看一看，恐怕得住院安胎，流了不少血。」

「晚上不行，要趕回去，家裡那個過生日。去年她生日我沒回去，又吃藥又喝酒，送到急診室去灌腸，鬧翻了天。前幾天，我走前還特別吩咐……」

芸兒睨著他，兩眼直直的，直看得方武男心頭發毛，說話也不是，不說也不是；想伸手摸她，看見她的神色，又不敢造次。芸兒深深的看著這她跟了十年，態度始終閃閃爍爍的男人，一字一句的說：

「你好好回去伺候她，一心一意做你的好丈夫，好爸爸吧。」

說完，也不等他回話，推開椅子，走了開去。一個人關在斗室裡，任方武男怎麼叫都不應門。

出來時，方武男早走了，留了張紙條交丹莉轉給她。

她在燭光下，讀著紙條上閃閃爍爍的字，似乎沒有讀真切，又似乎沒有意會過來，一遍接著一遍，才就著燭光，點燃紙條。丹莉站在她身旁，兩個人一起看著沾了火舌的紙條，先是慢慢、繼而飛快的燃燒起來，燃燒過的黑灰掉落桌面，跌碎在玻璃墊上。

「又是怎麼了？」推門進來的妙玉，看到這一幕，拉開嗓門邊走邊問。

芸兒轉頭向她，平靜的問：

「妙玉，等會陪我去醫院好嗎？」

妙玉站到她面前，先看玻璃桌面上的灰燼，半天，再抬頭望向燭影中的芸兒。芸兒像座薄牆，冷冷、尖削的立著，燭光搖搖曳曳，在她青白的臉上，製造出明滅閃爍的光影。

妙玉低下頭，用手指去撥弄燒過的灰燼，把原來跌碎的，弄得更支離破碎。又拿手指劃過桌面，留下幾條痕跡。這才抬頭望芸兒，問道：

「決定了？」

芸兒不語，只用眼光答覆她。

妙玉皮包一拎，一言不發的從芸兒身邊走過。

芸兒站在原地，眼光隨著妙玉，望向那通往二樓的唯一走道。

「蜜蜜屋」的夜，恆常是冷寂的。

不歸路

×

的

×

×

漫漫長路

三十年後

編輯部

七十年代，正是女性主義風起雲湧的時代，當時任職廣告公司高級主管的廖輝英華麗轉身，因緣際會從廣告女強人成為傑出的小說家，研究她小說的人從未間斷，她對女性心靈情感的關注也仍舊持續著。時間的巨輪不斷運轉，書中的李芸兒依舊在這個大社會艱苦地獨行，《不歸路》陪著這些女人走過三十餘年，令人不禁好奇，她們在現代社會中，是否有了變化？今日的廖輝英又如何看待這些現代情感（被）掠奪者？現在，由作者廖輝英（以下簡稱「廖」）與九歌出版社總編輯陳素芳（以下簡稱「陳」）來談談。

兩性關係中的獵人與獵物

陳：妳在一九八二年正式進軍文壇，第二年又參加聯合文學小說獎，原本在廣告業工作，直到現在，我依然對妳為白金牌所寫的廣告詞「最後一筆始終完美」印象深刻，我編梁實秋的書時，腦海不由得想起這句，覺得與他的作品十分契合。

廖：寫《油蔴菜籽》、《不歸路》時，我不是專職的寫作者。懷兒子時胎不穩，辭職坐胎，兩個月後穩定了，恰巧白金牌廣告負責人請我復出，我們兩人順利取得廣告代理權。

當時只上半天班，一有空就寫小說，那位小三朋友常找我訴苦，《油蔴菜籽》得獎後，朋友要求我寫她的故事，因為那男的實在是太欺負人了。當時我社會經驗雖多，面對情感仍資質駑鈍，她的故事給我極大的衝擊，如此聰明的女孩，為何情關過不去？寫完《不歸路》恰巧看到聯合報的徵獎就投去了。得獎作品在《聯合報》連載後，我去咖啡廳、洗髮店，常聽到有人在討論方武男、李芸兒，去洛杉磯演講時有聽眾告訴我，李芸兒在各個時期所講的話，他的朋友也和他說過。

當時的社會風氣，沒人把小三放到檯面上討論，寫這本書的出發點雖是受朋友所託，但在創作過程中，我也想給這些女孩警示。這位女孩家裡開鐵工廠，雖父親早逝，但極受母親兄嫂的寵愛，她享有的資源比我厚實許多，工作能力極好，走上這條路雖和運氣有關，但她對愛情的辨識力太差，走到這一步注定一生落魄，可惜了。

陳：不論《油蔴菜籽》還是《不歸路》，皆下筆如刀，刀刀見骨，評論常說妳的小說寫實高於藝術，我認為這句話應是針對《不歸路》。《油蔴菜籽》是很詩意的。這兩本書，預示著妳日後的小說發展，一是書寫臺灣女兒，二是類似《不歸路》具都會性格的兩條主線。

廖：在我還沒寫作前就注意到，臺灣女人沒有自己的生活。我祖父其實很有錢，祖母卻一生悲慘，那輩女人的命運沒被講出來。直到我這輩，女性主義開始發展，那時的女性已走在社會的前面了，做廣告的人敏銳度很高，所以我之後的很多小說，發展根基源於此。

我的寫作其實是在展示我的態度、一種使命感。例如書中寫李芸兒這段關係維持六、七年，這段期間其實夠她醒悟，但現實中她撐了十五年，沉淪在肉欲中。女人其實有更多路可以選擇，要有堅決的人生態度，李芸兒在小說裡的覺醒，其實是我希望她有其他的出路。

陳：《不歸路》的李芸兒可說是小說界的小三始祖，她是被相中的獵物，當時的第三者是如此；但現在的第三者是獵人。他們的情欲掙扎，不論獵人獵物，終歸是不歸路，很少能修成正果的。

廖：不一定全部無法修成正果，但我對這樣的行為是予以譴責的。現在女性解決情欲的管道非常多元，且在這時代不結婚也是個選項，女人已無過去道德規範的不平等壓力了。但我們可以發現，女人總欺壓同性，只是單純的獵取獵物，有時比過去的女人還沒同理心慈悲心。經過三十年，現代女性與過去相比並無成長多少，人生定位不清，只有經濟能力變好，生活依然被男人搞得一團糟，這幾年回讀者的信回得有些灰心。

陳：還是繼續寫小說吧。現在的小三與過去相比，其實沒有差異，為男人付出所有，處境一模一樣，到最後仍要爭取名分。

廖：不要錢的女人，她們要的就是名分。小說裡方武男沒錢，卻不願意多陪芸兒幾晚，很多男人都不懂，女人要的是安慰，但聰明的男人還是會把資源，留給妻子小孩。兩性關係裡最重要的就是互惠平等，如果沒有，就不是令人愉悅的男女關係。如今是亂世，男女一搭一唱，充斥浮獵濫獵現象，我一直認為女性的素質比男人好，但我卻看到今日的女性毫無規範可言，失去了可愛氣質，我們看李芸兒，至少還覺得她可憐善良。我不希望女人是被可憐的，也不是要女人做男人，而是要展現女性良好正面的態度，例如書中的張少華。

陳：妳筆下的男人大都沒肩膀，遇事即閃，《輾轉紅蓮》第一個丈夫也是，只有少數像石頭比較可愛。

廖：還有《你是我的回憶》、《你是我今生的守候》裡人獄的初陽也是有肩膀的。

女人不是瑪麗亞與夏娃二分法

陳：妳其實很少寫外省的小說，除了《你是我的回憶》、《你是我今生的守候》，還有《焰火情挑》。

廖：我大部分還是以男女的面向來寫小說，但是我們在移民社會還是有多元角度可以切入。《你是我的回憶》、《你是我今生的守候》的小說舞臺，源自我的城南回憶，我在廈門街生活到三十多歲，小時候常看到廈門幫、螢橋幫彼此追殺，我在那裡度過文青時代，這兩本算是對自己青少女時代的告別之作。

陳：確實這兩本小說讀起來都有詩意。妳覺得自己從什麼時候開始，對寫作漸感從容？

廖：《輾轉紅蓮》開始。《盲點》那時候雖然是第一次寫長篇，前五萬字一直修，到了後面突然覺得很順，那時開始覺得感覺很好，知道小說該怎麼寫。我青少年時代寫千字的文章，之後十幾年沒寫。再開始寫的時候，我學得很快，從一萬字開始，一年一年短、中、長篇逐漸晉級，第三篇就是《盲點》二十幾萬字。

陳：妳開始寫小說的時候，題材是如何醞釀的？《不歸路》是主角請妳寫的，直到今日仍然撼動人心。妳是一個獨立自主、能夠養家、有肩膀的女人，又是廣告女強人，實在是見不得有能力的李芸兒過這樣的日子。

廖：必須要講，李芸兒的家庭太傳統，非得要她結婚，再加上本身的個性。我母親就很前衛，她甚至叫我不要結婚。李芸兒渴望戀愛的感覺，要情欲也要浪漫，不自覺陷入，沒判斷力又沒想到後果。女人要有自覺，要勇敢，失戀單身又如何，人生來本要受生離死別。我們以為相貌平庸的女人在愛情上應該會簡單一點，其實一樣很難。

陳：愛情不是靠外表。

廖：對。像我這樣外表不算出色的女人，也遇過有妻室、斯文男人的追求，還有大老闆，但我堅持君子質性全數拒絕。

陳：甚至還有大文豪的追求，《今夜微雨》有寫到，這本小說彌漫淡淡哀傷的氣氛，很迷人，這本小說也很有名。

廖：陳雨航甚至說過，這是我少數的校園文學作品。

封存時代氛圍

陳：妳的筆雖帶感情，但內涵理性，《輾轉紅蓮》、《相逢一笑宮前町》這些臺灣早年的歷史背景，妳做了很多田調。

廖：我的父親在我小說創作過程中幫了很多，我聽他說了許多故事，受到感動，一點一滴將故事塑造出來，這些故事都不只是一個女人的故事，而是整個時代的縮影，悲傷藏在裡面，但她們後來都活得很好。我做了很久的田調，先生開車載我和父親去看人養殖鰻魚，我父親早年在八仙山林場做林務主任，他有些人脈，找人為我們解說。

陳：因為妳做了很多田調，妳的小說人物的對話十分符合時代背景。像南門市場補襪子、做醬菜等，過去沒人寫過補襪子。

廖：男人不會寫補襪子，女性的故事還是要由女性來寫。

陳：大家對妳寫實、複製歷史的部分還是很佩服的。

廖：我的小說有社會面，《油蔴菜籽》得獎時大家都說我將社會經濟的背景，掌握得很精確，這些就是我創作的原點，要用小說，將當時的社會氛圍保存下來。其實一部小說沒辦法保留下太多，需要很多部小說才行。

陳：妳有抓住城市性，像李芸兒的蜜蜜屋，當時確實有這種店，現在沒有了，《你是我的回憶》、《你是我今生的守候》廈門街回憶也是。妳的觀察要非常仔細，最重要的是對主角有情感，連對第三者也是，所以我知道，很多第三者愛看妳的書。《窗口的女人》裡也有寫到小三，這本常讓我想到鄭愁予的詩〈情婦〉，男人總是自命風流，他們筆下的女人常用二分法，一是受苦受難的聖母瑪麗亞，一是多情多欲的夏娃，但妳的瑪麗亞沒那麼瑪麗亞，夏娃也不是純粹的夏娃。

廖：我其實比較有人性，我把她們當做一般的人來寫，所以《不歸路》在連載時，收到兩百多封信，《油蔴菜籽》也有，但沒那麼多，我是從這本書開始變成「廖老師」。那時覺得人家來求助，至少要給人安慰，所以花了很多時間。

陳：聽案例對小說有幫助嗎？

廖：沒有，因為已不脫李芸兒的案例。也有人寫香港的小三，但無法超越李芸兒，因為掠奪者不過如此，只是現在的女性更直接、決絕。

陳：妳寫情欲沒寫到什麼，但有人說「每頁都是濕的」。

廖：所以那是功力，沒寫到上床，但其實已是滿紙情欲。

陳：之後想寫什麼？

廖：想寫注定無法好好結婚的歌仔戲女人的故事，因為她們的工作有流動性。我找了很多的資料，弄到一半，但是後來副刊不刊長篇，所以就休息了。

陳：妳現在可以開始寫了。

不歸路一走十餘年

廖輝英

《不歸路》是一九八三年獲得聯合報中篇小說特別推薦獎的作品，也是我的第一部中篇小說。

《不歸路》不僅在決審時引起很大的爭議，就是當年在《聯合報》連載期間，所引起之爭議、共鳴、討論甚至影響，都是可觀與巨大的。

而對於一位文藝青年時代之外，截至當時為止，只寫過一個短篇小說和一部中篇作品的作者而言，短篇小說《油麻菜籽》是成名作品，但《不歸路》卻是真正讓我達到「家喻戶曉」走紅文壇的代表作品。

《不歸路》刊出之後，產生了許多如火如荼的效應。首先是街談巷議的沸騰：《不歸路》打破了以往第三者的迷思面貌，以真實貼切又赤裸的筆調，殘酷的披露了外遇的三方面尷尬而難過的境遇。一時之間，讀者的信件、電話紛至沓來，外遇的「角落」現象，突然成為裸露的冰山，大家驚訝的頻呼：原來我們的社會存在這麼多不可告人的「狀況」！

大家都有苦水要吐。原來，事到如今這個狀況，人人都有一番苦經要念。《不歸路》有效釋放了許多人的桎梏。男男女女，第一次認真審視自己的心靈。

自那之後，《不歸路》成了特定名詞。報章雜誌，沒事就說——走上××的不歸路。

這時候，許多老編解釋這種發燒現象，大家各有說詞，唯有其中之一說得最簡單又最清楚明白。他的話是這樣說的：「已經好久沒有出現像《不歸路》這樣好看的小說了。」

身為作者，對於褒貶一向束手無策，自己也不知此書是否好看？究竟又好看到什麼程度？只有不斷從讀者或朋友的告白中，接到如此訊息：

「我一口氣將它看完。」

「我忍不住，邊看邊哭，邊看邊罵，但仍忍不住又哭。」

「一切好像是我心裡的話，一句句，一段段，我邊讀邊心酸，可是也終於明白自己竟然就是如此。」

「那個男的，寫得夠狠的了。可是，我發現自己的他，除了沒說狠話之外，其餘一切完全一樣，他並不想負責。」

在那段「可怕」的歲月裡，我陪著數以百計的、現身告白的李芸兒同苦同悲，有一度覺得自己似乎陷落進去，再也爬不出來！

其實，那也算是一場噩夢。每天有應接不暇的悲劇告白，而我無能為力。

幾年過去了，不，是十幾年過去了，如今用比較抽離的角度和更成熟寬容的態度來看「不歸路現象」，倒有幾點觀察。

首先，不歸路是誠實誠懇的聲音。

在那之前，很少，不，是沒有人將一樁外遇事件的三個人，包括那在書中沒有聲音、只有形象的秋子，他們的心路歷程和言語行徑，以內外在的糾結廝纏，誠懇又毫無保留的呈現出來。

《不歸路》，自始至終就無意以偽善或偽作的手法討好或欺瞞任何人。

因此，讀《不歸路》，是痛的。痛快、悲痛、心痛、傷痛。切膚之痛、切齒之痛、無可躲閃之痛、淋漓盡致之痛。

其次，《不歸路》是時代的聲音。

文學作品，不外是對人生的吶喊、歌頌或驚嘆。然而，或許是民族性的關係，我們的文學創作一直鮮少勇敢、適切又精準的擊中社會現象，發出真實的吶喊！我們總是慢一步，站得遠遠的、自以為是的隔靴搔癢。

《不歸路》與其說是某個人的故事，不如說是那急遽變化中的大千社會下，許許多多癡男怨女的寫照。

由於習慣了廣告作業中抽樣調查的作業，因之小說中的人物、情節，常常是抽樣調查下的代表人物，具有「共相」，跳出了時代共同的脈搏，喊出了時代特具的聲音，所以許多人覺得被說到痛處、被搔到癢處，十足就是他們心事的再現。

而《不歸路》也是女性的聲音，是另一種聲音。

男性寫女性，每多局限和自以為是的當家做主。

而女性寫男性或女性，時而欺身相貼近，時而忽高忽低的睥睨或仰望體察，從每一個不同角度切入，沒有大頭症，也不患沙文主義，大量的感覺，大量的體己，然後忠實的發聲。

所以《不歸路》中所敘述的一切，都是女性朋友能理解的一切。女性因之也藉這本書，做為相當程度的自我觀照和反省。

《不歸路》撰寫之初，作者始料未及的一件事就是：因著《不歸路》流風所及，國內的兩性生態起了急遽的變化。過去農業社會所膠著持續的兩性關係，到了《不歸路》出現之後瓦解了。從此風起雲湧，一直到今天，兩性生態一夕數變，終於呈現著多元的可能性。並非《不歸路》造成了今日的兩性生態，而是《不歸路》推出了第一掌，將過往顛撲不破的兩性生態推破了一個洞，往後的各種可能才競相出現。

時值《不歸路》發行逾十三載，以瞻前顧後的心情，為新版序。

（本文為民國八十五年《不歸路》新版序）

廖輝英作品集 20

不歸路

作者	廖輝英
責任編輯	蔡佩錦
創辦人	蔡文甫
發行人	蔡澤玉
出版發行	九歌出版社有限公司 臺北市105八德路3段12巷57弄40號 電話／02-25776564・傳真／02-25789205 郵政劃撥／0112295-1
九歌文學網	www.chiuko.com.tw
印刷	晨捷印製股份有限公司
法律顧問	龍躍天律師・蕭雄淋律師・董安丹律師
初版	2015（民國104）年5月
定價	260元

書號	0110420
ISBN	978-957-444-995-8

（缺頁、破損或裝訂錯誤，請寄回本公司更換）

國家圖書館出版品預行編目資料

不歸路 / 廖輝英著. -- 初版.-- 臺北市：九歌,
民104.05 224 面 ；14.8×21公分. --
（廖輝英作品集；20）

ISBN 978-957-444-995-8（平裝）

857.7　　104004705